W0310288

Della stessa autrice
nel catalogo Sonzogno

La sposa scomparsa
La fioraia del Giambellino
Non si uccide per amore
Ultimo tango all'Ortica
La memoria del lago
Ombre sul Naviglio
Gli amanti di Brera
Il valzer dei traditori

Rosa Teruzzi

La ballata dei padri infedeli

Sonzogno

La citazione di p. 68 è tratta da Jane Austen, *Persuasione*,
traduzione di Maria Luisa Castellani Agosti, Einaudi, Torino 2011.

Pubblicato in accordo con Grandi & Associati, Milano.

© 2024 by Sonzogno di Marsilio Editori® s.p.a. in Venezia
Prima edizione: aprile 2024
www.sonzognoeditori.it

LA BALLATA DEI PADRI INFEDELI

A Patricia,
con gratitudine

1

Caccia al Gatto

Aprì la porta. Scese le scale in punta di piedi. Uscì in cortile e lo attraversò, muovendosi rasente ai muri. Sebbene fosse ancora buio, le quattro e mezza di una mattina umida di ottobre, quell'alveare di centotrentotto appartamenti aveva occhi e orecchie sempre all'erta, e lei lo sapeva bene. Abitava lì da cinquantatré anni, da quando ne aveva appena quindici. La sua presenza sarebbe passata inosservata, se non fosse che la scala che stava imboccando non era la sua, come non lo era la soffitta dove era diretta. Era intestata ad Ambrogia Locatelli, la storica portinaia in pensione di quello stabile di via degli Etruschi, da sedici mesi ricoverata in una clinica di riabilitazione dopo una frattura del femore.

Isabella rabbrividì. Sai che figura se l'avessero scoperta a intrufolarsi nella proprietà d'altri come una ladra da quattro soldi. Ma non c'era alternativa: lei doveva sapere.

Gli ultimi gradini li fece quasi di corsa. Davanti alla porta del solaio sostò solo un attimo. Si guardò alle spalle. Non c'era nessuno. Allora estrasse uno dei ferri che le aveva lasciato in eredità il marito.

Rinaldo, sospirò.

Quante risate si sarebbe fatto vedendola inginocchiata a scassinare la serratura decrepita, lui che aveva sulla coscienza le casseforti di una ventina di banche.

Scrollando il caschetto biondo platino, Isabella dette un'ultima spinta alla maniglia e subito la porta si aprì con il cigolio sinistro di un gessetto che graffia la lavagna.

Sfilò dalla tasca la torcia che aveva portato con sé ed entrò.

Quella dell'Ambrogia era la soffitta più piccola dell'intero stabile, un buco senza finestrella, ma l'ex custode l'aveva tenuta in ordine come faceva con il resto del palazzo, e solo la sottile patina di polvere che copriva mobili e scatoloni testimoniava la lunga assenza della proprietaria.

Isabella puntò la torcia prima a destra, poi a sinistra.

All'improvviso trasalì.

Eccolo.

La luce cadde su un paravento a stampe giapponesi. Lo riconobbe all'istante: era appartenuto alla mamma di Diego. Pensando a lui, le sfuggì un'imprecazione soffocata. Trattenne il fiato e si infilò dietro il separé.

Niente.

Il costume non era più appeso ai bracci del vecchio attaccapanni. E non c'erano lo spadino, gli stivali con le ghette, la maschera e il cappello piumato: tutto l'armamentario che consentiva a Diego di trasformarsi nell'imprendibile rapinatore che i giornali avevano ribattezzato «il Gatto con gli Stivali».

Isabella, travestita da Fata Turchina, era stata la sua complice e la sua amante. «La sua compagna» si definiva mentalmente lei, la donna destinata a raggiungerlo in qualche paradiso tropicale, per trascorrere insieme un'agiata vecchiaia grazie al tesoretto raggranellato con quei colpi.

O, almeno, così lei si era ostinata a credere.

«Stronzo!»

L'esclamazione riempì il silenzio della soffitta.

Isabella si lasciò cadere su una cassapanca tirolese. La luce della torcia intercettò lo specchio di un vecchio armadio in noce, rimandandole l'immagine di una donna curva e accasciata, una bionda di quasi settant'anni vestita come quando ne aveva trenta: maglia nera attillata sul seno prosperoso, calzoni di pelle scura, cintura borchiata come lo zaino e le scarpe con il tacco a stiletto. Espressione da vinta sul viso.

Sei patetica, pensò.

Istintivamente, raddrizzò la schiena e alzò il mento in atto di sfida. Accavallò le gambe e spinse in fuori il petto in quella posa che una vita prima le era valsa il nomignolo di «pupa del gangster», quando il marito era il bandito più temuto di piazzale Lodi, eppure al suo cospetto belava peggio di un agnellino.

Come le era venuto in mente, alla sua età, di incapricciarsi di quel traditore del Diego?

«Stronzo» ripeté, stringendo i pugni.

Dallo zaino pescò la pagina del giornale che l'aveva spinta a intrufolarsi nella soffitta. *La Città* era il quotidiano del pomeriggio di cui non perdeva un numero, perché era l'unico a darsi pena di raccontare, con i suoi bei titoloni rossi e una gran dovizia di particolari, le storie che più le andavano a genio, quelle di cronaca nera.

In realtà, forse non avrebbe fatto caso al modesto trafiletto di taglio basso e senza foto a pagina 12, se non fosse stato per il titolo malizioso: *Il Trifoglio porta scalogna al bandito solitario*. Sommario: *Nella cassa del bar c'erano solo cinquanta euro*.

Per la sorpresa, Isabella aveva lasciato cadere la terrina in cui stava mescolando cacao, miele e yogurt magro per la sua maschera antiage quotidiana.

Era davvero una strana coincidenza.

Il bar Trifoglio di via Paruta era il decimo obiettivo sulla lista che lei e il Gatto seguivano religiosamente per i loro colpi, il primo a cui avevano dovuto rinunciare quando il fratello di lei – palo e autista della banda – era stato arrestato e Diego si era dato alla latitanza.

Con le unghie fucsia ancora appiccicose di miele, Isabella aveva scorso febbrilmente l'articolo. Nessun accenno a banditi in maschera, anzi, il giornalista scriveva che «per lo shock, il povero barista, Orazio Signorelli, non era riuscito a fornire un identikit del suo aggressore...».

Povero un corno, aveva commentato la Fata tra sé e sé. Quelli a cui lei e Gatto davano la caccia in realtà erano strozzini e i loro squallidi negozi solo attività di copertura. Il bandito dell'articolo doveva per forza aver portato via ben più di cinquanta euro, se era a conoscenza dei traffici che si svolgevano lì dentro.

Ma ne era a conoscenza?

E soprattutto, se si trattava di Diego, perché aveva rinunciato al suo travestimento? Possibile che, ossessionato com'era da quella maledetta lista, fosse tornato in città per completare l'opera, senza nemmeno farsi sentire? Che ne era stato delle promesse che era riuscita a strappargli nei loro pomeriggi d'amore alla pensione Mimì?

Con la torcia, Isabella illuminò il pavimento della soffitta. Nella polvere che copriva le piastrelline rosse non c'era traccia di altre orme fresche oltre alle sue.

Se lo stronzo era tornato, non era mai passato da via degli Etruschi.

Forse voleva evitarla?

Di scatto la donna si alzò dalla cassapanca e si erse nel suo metro e sessanta rinforzato dai tacchi, rimirandosi nello specchio, le mani sui fianchi, le sopracciglia aggrottate in una smorfia da dominatrice.

«A noi due, Gatto» disse ad alta voce.

Se Diego era a Milano, l'avrebbe scovato. Doveva ancora nascere l'uomo che l'avrebbe presa per il naso.

Sapeva come procedere. La famosa lista conteneva un altro obiettivo dopo il bar Trifoglio: la trattoria degli Angeli di via Monfalcone, il cui titolare – secondo gli informatori del Gatto – prestava soldi a strozzo nel retrobottega.

Isabella lo decise su due piedi: avrebbe trovato un punto d'osservazione nei dintorni e si sarebbe appostata lì, come un ragno in attesa di una mosca ben pasciuta, anzi, del suo bel moscone farfallone da convertire alla monogamia. Diego era stato il suo primo amore. L'aveva ritrovato dopo cinquant'anni di lontananza e non gli avrebbe permesso di scomparire di nuovo.

Ancheggiando come ai tempi d'oro in cui frequentava il

Pussy Cat o la bisca di via Formentini con il marito, Isabella si diresse verso la porta della soffitta e la spalancò.

«Che ci fa lei qui?» chiese una voce dal ballatoio, facendola trasalire.

L'esitazione durò un attimo. Poi la donna squadrò il suo interlocutore: si trattava del Gianni, un mocciosetto di undici anni, figlio di una coppia di poveracci, lei colf e badante, lui delinquente di mezza tacca. Tra l'altro, ricordava male o sulla *Città* c'era scritto che al padre era successo qualcosa di brutto?

Sorridendo, marciò verso il ragazzino e allungò una mano per spettinargli il caschetto, lasciandogli una piccola pioggia di glitter sulla fronte.

«Che ci fa lei qui?» insistette lui.

Fata sorrise, si chinò all'altezza del suo orecchio e gli sussurrò soave: «Non sono cazzi tuoi, bamboccio.»

2

La missione del Gatto

All'una la campanella squillò.

Gli alunni della scuola di via Monte Velino si riversarono sul marciapiede, in un'allegra confusione di richiami in spagnolo, arabo e italiano. Il tipo seduto sulla panchina più distante dal portone, tra la rastrelliera per le biciclette e il tavolo da ping-pong, non alzò neppure lo sguardo dalla copia della *Città* che teneva in mano.

A un occhio distratto sarebbe parso esattamente quello che voleva sembrare: un uomo anziano benché ancora in forma, dignitosamente indigente. Uno di quei poveracci che tirano tardi sotto i platani del controviale, stringendosi dentro maglioni infeltriti di due taglie più grandi ricevuti in dono in qualche centro parrocchiale, mentre raffiche di vento gelido li schiaffeggiano e alzano mulinelli di foglie secche sulle loro scarpe consumate.

In tanti anni vissuti da esule, se non da latitante, Diego Capistrano aveva affinato l'arte di passare inosservato. Per rendersi ancora meno riconoscibile, quella mattina aveva infilato sotto un anonimo berretto di lana marrone la coda di riccioli brizzolati, suo vanto. Ne sfuggiva un lungo orecchino con il pendente a forma di infinito.

Il rombo di un tuono sovrastò il rumore del traffico che congestionava viale Molise. Da qualche parte un'autoradio sparò a tutto volume il ritornello di *Livin' la vida loca*.

«C'è un articolo su papà?» sussurrò all'improvviso la voce di un adolescente che si era seduto all'estremità opposta della panchina, lo smartphone incollato all'orecchio come se stesse parlando al telefono e non con lui.

Capistrano non si voltò a guardarlo, ma scosse il capo mentre continuava a fissare il giornale. L'orecchino ondeggiò, sfiorandogli la clavicola.

«Che cos'avevi di tanto urgente da dirmi di persona?» Lo chiese brusco, ma non quanto avrebbe voluto: era troppo affezionato al ragazzino. «Lo sai che non è prudente che ci vedano insieme.»

Il Gatto non usava cellulari per non essere rintracciabile. Da quando era rientrato precipitosamente in città, la settimana prima, lui e Gianni si erano incontrati solo una volta. Comunicavano attraverso «pizzini» infilati nello scheletro di un vecchio televisore che ormai da mesi costituiva l'arredo urbano di un'aiuola di piazza Insubria. Quella mattina, Capistrano aveva visto spuntare un foglietto dal tubo catodico. Il messaggio diceva: VEDIAMOCI ALL'UNA.

«Allora, che cosa c'era di tanto urgente?»

Gianni continuò a fingere di parlare al cellulare, gli occhi fissi sul tavolo da ping-pong: «Quella là ti cerca, Diego. Stamattina l'ho beccata a frugare in solaio.»

Quella là.

Sul viso del Gatto non guizzò un muscolo, ma l'orecchino fece un brusco scarto verso sinistra. *Quella là* non poteva che essere la Fata.

Come in un lampo gli balenò la visione di Isabella mentre faceva irruzione nell'ultimo locale che avevano svaligiato assieme, brandendo, beffarda, una bacchetta magica e una pistola calibro 7,65. Poi altre immagini di lei che, con la stessa audacia, si sfilava il reggiseno alla pensione Mimì, offrendogli il suo petto ancora tonico e pieno, nonostante l'età.

Il Gatto deglutì. Poche donne gli erano piaciute così tanto, ma nessuna l'aveva atterrito quanto lei, con la sua richiesta pressante di un legame esclusivo che l'uomo non desiderava affatto. Era stato un sollievo essere costretto a lasciarla in fretta e furia, quando la polizia si era avvicinata troppo alla banda. Aveva sperato che, mettendo un oceano di mezzo, Isabella si sarebbe rassegnata a dimenticarlo, come era già successo in passato. Ma, nel viaggio verso il suo covo di Cuba, il Gatto si era fermato qualche giorno in Olanda a casa di Francina, una cinquantenne conosciuta in aereo, e lì l'aveva raggiunto il messaggio fermoposta di Gianni: HO BISOGNO DI TE. PAPÀ È SCOMPARSO.

Non che gli importasse granché di quel buono a nulla di Hamma, il padre del ragazzo. Ma non poteva certo permettere che il suo protetto facesse qualche cavolata per ritrovarlo.

Così era tornato a Milano troppo presto. E, a quanto pareva, la Fata non si era ancora messa il cuore in pace. Doveva aver letto da qualche parte della rapina al bar Trifoglio e aveva fatto due più due.

Il Gatto si grattò i ricci sotto il berretto con un gesto di stizza: era stato stupido, da parte sua, cedere alla tentazione di portare a termine il lavoro iniziato. Adesso doveva assolutamente fermarsi e rimandare l'assalto alla trattoria degli Angeli, se non voleva rischiare di incappare nella vecchia amante.

«Che cosa farai ora?» La voce del ragazzino mascherava a fatica la preoccupazione. Forse temeva che il Gatto potesse andarsene e lasciarlo.

«Niente. Resto qua a cercare tuo padre.»

Sarebbe stato tutto più difficile, però, con la polizia che forse sospettava di lui per le rapine agli strozzini e la Fata a dargli la caccia. Quella femmina era così passionale che avrebbe potuto perfino denunciarlo, se si fosse sentita rifiutata.

Ma questo Gianni non doveva saperlo.

«Deve ancora nascere la donna che mi frega.»

«Però abita a un tiro di schioppo da qua» protestò il ragazzo, voltandosi di scatto verso di lui, dimentico della sceneggiata del cellulare. «Rischi di incrociarla per strada o sulla 84.»

Isabella Auseri in autobus? Il Gatto scoppiò in una risata che fece saettare l'orecchino. Anche prima dell'inizio delle loro rapine, quando il suo conto corrente era perennemente in rosso, la donna che i giornali avevano ribattezzato «la Fata» e i condomini, ironicamente, «la gran diva» non metteva mai piede sui mezzi pubblici, se non per andare in centro a studiare le vetrine del quadrilatero della moda. La casa popolare di piazzale Cuoco dove Capistrano alloggiava in quel momento, nello spartano bilocale di un ex compagno di lotte studentesche, era estranea ai suoi itinerari abituali come una baita del cuneese a quelli di un patito delle spiagge caraibiche sotto Natale.

«Starò attento a non farmi beccare» assicurò. «E ora vai, senza voltarti.»

Dovette farsi forza per resistere alla tentazione di sfiorare la mano che il ragazzino aveva teso verso la sua, sulla panchina. Gli mancavano i pomeriggi passati insieme, a coltivare l'orto nel parco Alessandrini e a chiacchierare di musica, di storia, di grandi uomini e donne ribelli nel piccolo bilocale che era stato della madre. A farsi interrogare sui posti meravigliosi che aveva visitato nella sua vita errabonda.

Si morse le labbra.

Era stato un errore, pensò: affezionarsi a Gianni, lasciargli un recapito, tornare a Milano da lui. I latitanti non possono permettersi sentimenti. Per questo non aveva mai voluto una compagna stabile. Per questo aveva scelto di non diventare padre.

Come per un riflesso condizionato, l'occhio gli cadde sul giornale che aveva tra le mani, l'unica testata che avesse dato un minimo di spazio alla storia del papà di Gianni, un trentenne tunisino dalla fedina penale non immacolata, coinvolto in una rissa con una banda di peruviani proprio il giorno prima di sparire. Un giallo di poveri balordi di periferia in cui non si intravedeva una sottotrama sentimentale e che proprio per questo non aveva fatto gola ai media nazionali e ai rotocalchi della tivù.

Senza perdere d'occhio Gianni, fermo al semaforo di piazzale Cuoco, le cuffie infilate nelle orecchie come per isolarsi dal resto del mondo, il Gatto sfogliò nervosamente il giornale fino a ritrovare la pagina interna e l'articoletto che quella mattina gli aveva gelato il sangue nelle vene: *Il genio della lampada non salva Aladino*.

I soliti titoli stralunati della *Città*, sospirò, rileggendo velocemente l'articolo.

Il corpo di questo Ala ad-Din Salah Samir, detto Alì, era stato ritrovato nel fosso del Ronchetto a Seveso, ai piedi di un carpino secolare, mani e piedi legati, segni di percosse ovunque, l'impronta di un grosso anello impressa sulla guancia. Secondo il medico legale, era morto da giorni.

Il Gatto si girò di quarantacinque gradi sulla panchina a guardare Gianni che attraversava il vialone.

Non gli aveva mentito del tutto. Quel giorno, in effetti, *La Città* non aveva dedicato neanche una riga alla scomparsa di suo padre, ma Hamma era citato nell'articolo sulla morte di Alì, perché i due si conoscevano.

«Sono finiti vittima dello stesso killer?» si chiedeva il cronista, tal Goffredo Picchione, non proprio un mago della penna e nemmeno del giornalismo, a giudicare dal lessico banale e dalla penuria di notizie, sostituite con una sfilza di ipotesi.

Hamma e Alì erano stati denunciati insieme dopo la famosa rissa, scriveva Picchione. Ma questo era l'unico legame tra di loro?

Il Gatto inspirò profondamente l'aria che sapeva di foglie marce e gasolio. Non aveva mostrato il giornale a Gianni per non spaventarlo ma, facendo i conti, quell'Alì doveva essere stato ammazzato più o meno in concomitanza con la scomparsa di Hamma e si trattava di una coincidenza troppo sospetta per chi, come lui, non credeva affatto nelle coincidenze. Per un latitante non è prudente farlo.

Avrebbe chiesto in giro notizie del morto, pensò, strappando la pagina con l'articolo e infilandosela in tasca.

Poi accartocciò il giornale, si alzò di scatto e andò a gettarlo nel cestino accanto alla rastrelliera delle biciclette. Con lo sguardo cercò il suo protetto dall'altra parte del viale. Gianni camminava a capo basso, le spalle curve, dondolando il corpo da adolescente probabilmente al ritmo della canzone di Emis Killa che era diventata la sua ossessione:

Se ho imparato a medicarmi dopo ogni colpo
è perché se chiudo gli occhi il vostro sguardo
è tutto quello che ho...

Benché avesse sessantotto anni, anche al Gatto piacevano i rapper. La loro rabbia assomigliava alla sua di quando era ragazzo e voleva cambiare il mondo. La sentiva ancora bruciargli sotto pelle.

Ma nonostante il titolo dell'album, *L'erba cattiva,* questo brano non era affatto un inno alla ribellione:

Non sono figlio di papà
ma sono figlio di un papà magnifico...

Questa era la canzone del dolore per un padre assente e nessuno più di lui poteva capire perché Gianni la amasse tanto. Sospirando, allungò lo sguardo per seguirlo mentre svoltava, rapido, in via degli Etruschi.

Fu in quel momento che notò l'uomo tarchiato con il cappotto di montone.

Era lo stesso che aveva visto bighellonare poco prima davanti all'ingresso della scuola e che poi era rimasto fermo a lungo sotto la pensilina della 91. A quanto pare non doveva prendere l'autobus, pensò, fissandolo con più attenzione.

La figura tarchiata accelerò il passo e seguì Gianni, come un'ombra, fino al portone di casa.

3

I segreti uccidono l'amore

Il piccolo suv del commissario si fermò dietro il muraglione che divideva via Pesto dai binari della ferrovia per Abbiategrasso.

Libera aprì la portiera e fece per scendere.

«Perché non posso accompagnarti fino a casa?» chiese l'uomo. «Per quanto tempo ancora dovremo nasconderci come due amanti clandestini?»

Si allungò verso di lei e l'attirò a sé. Lei rispose al suo bacio, ma quasi subito si sciolse e sgusciò via, fingendo di non notare il suo sguardo deluso.

«Ci sentiamo stasera. Lasciami affrontare da sola le due tigri.»

Glielo disse con un tono che a lei per prima sembrò fin troppo salottiero, afferrò il borsone dal sedile posteriore e restò a fissare l'auto di Gabriele che riprendeva la strada per il Giambellino. Poi però non svoltò a destra per raggiungere – oltre la sbarra del passaggio a livello – il casello ferroviario in cui abitava, ma fece dietrofront, si incamminò verso i giardini intitolati ad Anna Del Bo Boffino e sedette su una panchina, a riprendere fiato.

Erano stati tre giorni di emozioni altalenanti, quelli appena trascorsi all'isola d'Elba con il commissario, la loro prima vacanza di coppia dopo anni passati a rincorrersi e a desiderarsi.

Libera chiuse gli occhi, il viso rivolto al raggio di sole che faceva capolino tra le nuvole spesse. Inspirò a pieni polmoni il profumo di albicocca della siepe di osmanto.

Anche la pelle di Gabriele sapeva di frutta acerba, pensò, e sentì che le guance le andavano a fuoco. Eppure la sensazione di abbandono che aveva provato, in quei giorni di passione, tra le braccia del suo uomo non era mai stata piena. Non si era mai sentita davvero a suo agio con lui: era sempre troppo forte il desiderio di piacergli (o la paura di non piacergli) per comportarsi in modo naturale. In più, a dividerli, c'era un muro di segreti e omissioni.

Libera sospirò, enumerandoli mentalmente.

Non era riuscita a confidare al commissario i suoi sentimenti ambivalenti per Furio, il cuoco che di recente si era dichiarato con un bouquet. Spesso, nel corso della vacanza, aveva pensato a lui. A come affrontarlo al ritorno. A come evitare di perderlo, pur rifiutando la sua proposta.

Ma non era tutto. Non era riuscita nemmeno a parlargli della sua collaborazione sempre più stretta con due giornalisti della *Città* – Cagnaccio e la Smilza – complici nelle indagini dilettantesche che lei, fioraia di professione, conduceva in società con la madre. E soprattutto non gli aveva spiegato quanto le indagini fossero diventate essenziali per lei. Non si trattava dell'hobby di un'impicciona con troppo tempo libero. Le davano un senso di appagamento e fierezza, rinsaldavano il suo rapporto con quell'eccentrica di Iole, sua madre, e in qualche modo la avvicinavano anche alla figlia Vittoria, una poliziotta che sempre più spesso, negli ultimi mesi, era stata costretta ad apprezzare i suoi successi da «detective della mutua».

Prima di partire, Gabriele le aveva chiesto di accantonarla, quella nuova passione, ma in cuor suo sapeva di non poterlo assecondare, soprattutto ora che il Gatto con gli Stivali sembrava tornato in città.

Finalmente potrò scoprire se è mio padre, si disse, raddrizzando la schiena.

Libera pensava di aver scoperto l'identità del rapinatore: Diego Capistrano, un vecchio amante di sua madre, ma non l'aveva detto a Gabriele perché non voleva che lo arrestasse. Così come non gli aveva confidato i suoi sensi di colpa nei confronti del bambino che il commissario aspettava dall'ex fidanzata, una giovane poliziotta. Il giorno prima, mentre l'uomo era sul balcone e il suo cellulare abbandonato in cucina, Libera aveva intercettato un messaggio della ragazza: il video di un'ecografia, un piccolo cuore che batteva.

«Dam-me-lo!» scandì una vocetta stizzosa alla sua sinistra.

Libera spalancò gli occhi. Una bambina sui sei anni, con un cappotto fucsia, cercava di strappare qualcosa a un ragazzo più grande che le resisteva. La bimba picchiò i piedi, i pugni stretti lungo i fianchi, poi si voltò e corse a rifugiarsi tra le braccia di un uomo seduto accanto alle altalene.

In fondo, lo facciamo tutti, pensò Libera, seguendola con lo sguardo: cerchiamo il sollievo ai nostri mali, alle nostre frustrazioni, nel calore altrui. Anche lei e il commissario quella vacanza all'Elba l'avevano trascorsa così: sospesi come dentro una bolla, in pausa dalla vita quotidiana. Ma le parole non dette rischiavano di creare distacco tra di loro. Perché i segreti uccidono, diceva nonno Spartaco. E soprattutto uccidono l'amore che si fonda sulla fiducia.

Un fischio interruppe le sue riflessioni.

Il regionale delle 14.45 da Vigevano passò sferragliando sui binari. La sbarra rossa e bianca davanti alla casa di Libera si sollevò, comandata automaticamente dalla stazione di Porta Genova. Lei ne riconobbe da lontano lo scampanio. Era stata la colonna sonora della sua infanzia di bimba cresciuta dal nonno ferroviere, con una madre hippie in giro per il mondo e un padre sconosciuto.

Si alzò di scatto dalla panchina: «A noi due, Gatto» disse.

Forse, a quarantasei anni compiuti, l'avrebbe finalmente conosciuto, quel padre. Ma prima doveva affrontare Iole e le sue domande indiscrete.

Che cosa le avrebbe raccontato degli ultimi tre giorni passati lontano dal casello, lei che odiava dire bugie? Sarebbe riuscita a mantenere il segreto sulla sua relazione con Gabriele?

Ancora non si sentiva abbastanza sicura della propria scelta per confidarsi con la madre e affrontare le sue battute di donna libera e spregiudicata.

Sospirando, rilesse la chat dei messaggi che Iole le aveva inviato in quei tre giorni. Andavano da un pacato «Dove sei?» a un imperativo «Fatti sentire subito!», passando per una lunga sequela di lamentele e invocazioni: «Non c'è nulla da mangiare in frigorifero», «Che cosa racconto a Vittoria se telefona?», «Spero che almeno ti stia divertendo», «Perché leggi e non rispondi?»

Iole doveva nutrire sospetti sul suo compagno di viaggio, perché a un certo punto aveva scritto: «Chiamo la polizia o la polizia è lì con te?»

Resistere al suo interrogatorio sarebbe stata un'impresa. Ci voleva un diversivo potente. Libera scorse la rubrica dei contatti e pigiò il numero di Irene Milani, la sua amica giornalista della *Città*.

Alla madre avrebbe dato in pasto qualcosa di ben più interessante dei suoi intrallazzi amorosi.

Libera inviò a Iole un messaggio a cui la donna, nonostante il suo carattere capriccioso e bastian contrario, non avrebbe saputo resistere («Novità su Capistrano. Vediamoci tra mezz'ora al bar del ponte»), poi saltò sulla Punto della giornalista e con lei si diresse verso il luogo dell'appuntamento. Si trattava di un piccolo locale, con una sola vetrina e una vista spettacolare sulla chiesa medievale di San Cristoforo. Sul marciapiede lì davanti, mesi prima, Libera aveva ballato con Furio un languido valzer, sotto gli occhi dei passeggeri del tram numero 2, mentre una canoa solcava le acque placide del Naviglio. Le stesse rondini stridevano pronte a migrare, sopra gli snelli ligustri della chiesa, ora che l'estate più piovosa di sempre aveva ceduto il passo a un autunno cupo e pieno di ansie per Libera.

Si sedettero al tavolino d'angolo più riparato, accanto all'unica finestra munita di sbarre che dava sul cortile di una casa di ringhiera.

Vasetti di falangio, la pianta dei ragni, e di crassula ovata, con le sue foglie lucide e cicciotte, ingentilivano il davanzale.

Irene sfilò dalla borsa di cuoio, che portava sempre a tracolla delle sue palandrane scure, un quadernetto e una biro e li piazzò sul tavolo, ordinando un tè. Libera studiò di sottecchi il suo bel viso scavato, le occhiaie profonde, i capelli frettolosamente raccolti nel solito codino. Aveva l'aria stanca, la sua giovane amica. Alla *Città*, quotidiano popolare del pomeriggio, i giornalisti lavoravano da prima dell'alba per chiudere l'edizione del mattino, e il capocronista, l'irascibile Temperante Cagnaccio, aveva meritata fama di schiavista.

Lo sguardo di Libera corse furtivo alla porta.

Le loro riunioni operative avvenivano abitualmente dall'altra parte del canale, sulla veranda di una libreria bistrot, la Agatha Christie & Co., ma il rischio di incrociare Cagnaccio, così vicini alla redazione, sarebbe stato troppo alto.

«Ovviamente non ho detto al *Dog* che ci saremmo viste» fece la ragazza.

Sembrava averle letto nel pensiero. Forse era davvero una strega, come malignavano i colleghi invidiosi del suo talento. O forse il suo era solo uno straordinario spirito d'osservazione.

«Toh, chi non muore si rivede!» berciò a mo' di saluto la voce di una donna che stava entrando nel bar e marciava sostenuta verso di loro.

Il messaggio di Libera doveva aver colto Iole nel bel mezzo di una delle sue sessioni di yoga o mentre dormicchiava sul divano. Sotto il soprabito verde della figlia, più largo di almeno due taglie, che probabilmente si era infilata in fretta e furia, la donna portava infatti solo calzoncini e canottiera bianca, ai piedi aveva scarpe da tennis slacciate, tra i corti riccioli rossi una fascia di spugna. In mano un sacchetto della spesa.

La porta alle sue spalle si chiuse per una raffica di vento più forte.

«Mamma, ti prenderai un accidente, vestita così» protestò Libera.

«Non preoccuparti per me, baby. Pensa ai tuoi segretucci» rispose lei, con tono piccato.

Poi si tolse il soprabito, lo gettò a terra teatralmente e, rivolta al barista, miagolò: «Potrei avere una cioccolata calda corretta whisky e quel bel maglione appeso al gancio? Mia figlia mi ha chiusa fuori di casa senza chiavi.» Mulinò le ciglia e inclinò il capo nella sua più riuscita imitazione di una donna fragile.

Come se fosse stato caricato a molla, l'uomo strappò il cardigan dall'appendiabiti e corse verso di lei, con uno sguardo di riprovazione diretto a Libera.

Iole ci mise il carico da novanta: «Mi porta gentilmente anche un toast con maionese, funghetti e doppio formaggio? Potrei morire di fame, se fosse per questa qua.»

«Ma mamma...» cercò di protestare la figlia, ottenendo in cambio solo una risatina della sua rivale e un'altra occhiata al curaro da parte del barista. Per fortuna, in suo soccorso, arrivò la Smilza.

«Sono sicura che il Gatto è tornato a Milano» fece secca e sfilò dalla borsa una copia della *Città* che posò sul tavolo.

Accantonando momentaneamente le sue rampogne, Iole gliela strappò di mano e lesse in fretta il trafiletto che l'altra le indicava, un articolo sul colpo al bar Trifoglio.

«Ma qui non dice che il rapinatore era mascherato» obiettò. «Forse si tratta solo di una coincidenza.»

«Io non credo nelle coincidenze e poi...» Irene si interruppe. Bevve con calma un sorso di tè. Aveva imparato dal suo capo a far precedere le notizie importanti da pause cariche di suspense. «... e poi, quando ho torchiato il proprietario del Trifoglio e l'ho un po' intimidito facendogli balenare la storia dell'usura, mi ha confermato che il rapinatore era anziano...»

«Anziano?» si inalberò Iole, coetanea del Gatto. «Direi maturo, piuttosto.»

«E allora diciamo maturo.» La ragazza fece un'altra pausa, bevve un nuovo sorso di tè. «E con uno strano orecchino con il pendente.»

«Bingo!»

Iole si appoggiò allo schienale della sedia. Il suo toast si stava raffreddando nel piattino, senza che gli avesse nemmeno dato un morso, e questo non era assolutamente da lei. Aggrottando la fronte, rilesse l'articolo, poi notò la data sul giornale: «Ma il colpo è avvenuto lunedì scorso. Perché ce ne accorgiamo solo ora?»

Libera lanciò uno sguardo a Irene. La giornalista l'aveva avvertita subito della rapina, ma lei non se l'era sentita di rinunciare alla vacanza con Gabriele per buttarsi in quella nuova avventura.

Aveva fatto bene, si disse, mentre le balenava l'immagine di una passeggiata sulla spiaggia di Marina di Campo, i piedi nell'acqua, la mano nella mano del suo uomo.

Subito, quell'odiosa sensazione di calore le salì alle guance e la cosa non sfuggì all'occhio lungo di Iole. «Ah, ah! Abbiamo i bollori dell'amore» trillò, dimenticando solo per un istante il possibile ritorno del Gatto.

Libera arrossì ancora più violentemente. «Se fosse per quello, tu dovresti andare a fuoco, mamma. E invece sembri mezzo congelata.»

Iole si strinse nel cardigan del barista, trangugiò l'ultimo sorso di cioccolata e le fece l'occhiolino: «Ma i miei non sono amori, baby. È solo sano sesso ludico.» Poi, rivolta a Irene: «Comunque, non ho ancora capito perché non l'abbiamo saputo subito, del Gatto.»

«Perché l'articolo l'ha scritto un collega. Io ero in ferie e non ho letto il giornale.»

«In ferie? Eccone un'altra innamorata.» Ridendo, Iole allungò una mano verso il toast. «Ma ora dobbiamo recuperare il tempo perso.»

Decisero che sarebbero passate subito da via degli Etruschi, per capire se Capistrano fosse tornato dove abitava al tempo delle rapine.

«Probabile, visto che ci vive Isabella, la sua amante» suggerì Libera.

«Lo dici perché non conosci quel farfallone di Diego.»

La seconda tappa sarebbe stata la trattoria di via Monfalcone che era l'ultimo obiettivo conosciuto dei due, segnato sulla lista dei luoghi da svaligiare. Non potevano certo sperare di cogliere il bandito in azione, sarebbe stata una botta di fortuna troppo grande, ma Capistrano era molto meticoloso nei sopralluoghi prima dei colpi, e questo avrebbe aumentato le loro possibilità di intercettarlo.

«E come farai a strappare qualche ora di permesso al *Dog* senza raccontargli della nostra inchiesta segreta?» chiese preoccupata Libera alla Smilza. Cagnaccio era molto geloso della sua allieva preferita e di solito pretendeva di essere messo al corrente di tutte le loro mosse. Questa volta, però, non avevano potuto raccontargli di aver scoperto la vera identità del Gatto, perché non avrebbe resistito alla tentazione di sparare la notizia in prima pagina.

Irene si sfregò gli occhi stanchi e sorrise. «Primo: oggi è sabato e il sabato pomeriggio alla *Città* non si lavora...»

Vero, il giornale non era in edicola alla domenica.

«E secondo, mi sono trovata una storiella su cui indagare proprio lì in via degli Etruschi, all'indirizzo di Capistrano.»

Geniale, pensò Libera alzando la tazza di tè in un immaginario brindisi alla sua amica.

Senza bisogno che le altre due glielo chiedessero, Irene sfilò dalla borsa una seconda pagina di giornale, piegata in quattro, su cui era evidenziato un articoletto.

Dopo la scazzottata, Hamma non c'è più recitava il titolo sopra la foto di un giovanotto con i capelli rasati a zero e un brillantino al lobo destro. La didascalia lo definiva così: «Mohamed Mahmoud Cherif, detto Hamma, tunisino di trentatré anni, muratore disoccupato con precedenti per droga.» Una vita ai margini riassunta in quindici parole.

Nell'articolo la scomparsa di Hamma veniva messa in relazione con una rissa tra spacciatori tunisini e peruviani al termine della quale il boss latino Abelardo Abel Ojo Martinez, detto El Loco, era stato ferito e aveva giurato vendetta ai rivali.

Erano stati gli sgherri di Martinez a eliminare Cherif?, si chiedeva il giornalista.

«E guardatelo qui, il Loco» fece Irene, mettendo sul tavolo una foto segnaletica. Il volto tondo di un quarantenne calvo e ingrugnito le fissava, con un pugnale tatuato all'angolo dell'occhio sinistro, accanto a una lacrima nera da Pierrot.

«Ohi ohi, gran brutto ceffo» commentò Iole, che pure di solito non disdegnava i maschi fuorilegge.

Lo sguardo di Libera passò dall'articolo sulla scomparsa di Hamma alla foto del boss latino. «E come hai fatto a convincere il *Dog* a lasciarti seguire una storiaccia simile?»

Da quando frequentava la Smilza e il suo capo, aveva scoperto che un caso di cronaca, per meritarsi l'onore di una serie di articoli, doveva presentare le famose tre S del giornalismo popolare che lo rendono appetibile ai lettori: sesso, soldi e sangue, possibilmente con una concentrazione maggiore del primo ingrediente. Ma qui, di sesso non sembrava esserci neanche l'ombra. O invece sì?

«Pochino, almeno stando all'articolo del mio collega» fece Irene, quando glielo chiese. «Ma oggi c'è stato uno sviluppo e il *Dog* ha dovuto cedere.»

Dalla borsa modello Mary Poppins, la ragazza cavò un terzo articolo.

«*Il genio della lampada non salva Aladino*?» trasecolò Iole leggendo. Come sempre, parlava con la bocca piena. Un funghetto unto di maionese planò sul giornale. «Ma chi è 'sto Aladino? E che c'entra con il tunisino scomparso?»

«È un suo connazionale ed era con lui la sera della rissa.»

«E allora mettiamoci all'opera.»

Con uno sguardo d'intesa alla cronista, Iole mollò i resti del toast. Si chinò a frugare nel sacchetto di plastica che aveva gettato sotto il tavolo. Ne pescò un paio di pantaloni da odalisca e una maglia rosa e si avviò verso il bagno, brandendo mascara e rossetto.

Che cosa faceva adesso quella pazza? Voleva impicciarsi in una storia di droga e coltelli?

Libera cercò di correre ai ripari. «Mamma, per Irene questo caso è come "la donna dello schermo" di Dante. È un diversivo, un pretesto che usa per ritagliarsi tempo e aiutarci a trovare il Gatto. Noi non dobbiamo occuparci di Hamma, né del Loco e della sua banda di assassini, d'accordo?»

Già sulla porta del bagno, Iole si voltò di scatto. «D'accordo. Ma se per caso in via degli Etruschi incrocio quel fustone, ci tengo a fargli gola.» Poi le strizzò l'occhio, maliziosa. «E magari scappo anch'io al mare per un po'.»

Niente da fare, pensò Libera. Sua madre non l'aveva perdonata.

Partirono sulla vecchia Punto della giornalista in direzione di piazza Insubria.

Accovacciata sul sedile posteriore, nella posizione del loto, Iole continuò a lanciare frecciatine alla figlia mentre lei, timidamente, proponeva alla Smilza: «Riusciremo a sbrigarcela in fretta? Questa sera Vicky torna dagli Stati Uniti.»

«Non sperare di incontrarla. Si ferma a dormire a casa del suo ganzo.»

Il ganzo era l'Achille Belardinelli, il compagno semiufficiale di Vittoria, un fidanzato atipico – a causa delle sue denunce per resistenza a pubblico ufficiale – per una poliziotta tutta d'un pezzo come lei. A Iole, manco a farlo apposta, piaceva molto. «Mi garbano i ribelli» diceva.

Libera sbirciò le chat del cellulare: non c'era neanche un messaggio da parte di sua figlia. Come mai aveva chiamato la nonna e non lei? Nei tre giorni di vacanza all'Elba, aveva attribuito il silenzio della ragazza alla sua indole schiva, poco avvezza alle effusioni e alle confidenze, anche in famiglia. E invece...

«Le ho detto che eri troppo impegnata per risponderci» fece l'impunita.

Perfetto, così l'indomani avrebbe dovuto affrontare l'interrogatorio della figlia, oltre alle battute della madre. Libera inspirò profondamente. Senza parere, la Smilza le sfiorò il ginocchio con una mano. La sua gamba sinistra smise all'istante di tremare.

Ma Iole non aveva ancora finito. «Non c'è nemmeno l'autoradio su questo catorcio» sbuffò, mentre percorrevano via Spartaco. «Meno male che siamo quasi arrivate. La prossima volta, si va con la nostra Panda.»

La nostra Panda? Ma se non hai mai preso la patente!

La vocina che qualche volta parlava nella testa di Libera, dando corpo ai suoi pensieri meno arrendevoli, si inalberò alle bizze della mamma. Ma per quieto vivere, come sempre, lei la zittì.

Parcheggiarono in via Pistrucci, a due passi dal negozio di Sarah, l'amica fioraia di Libera, che quel pomeriggio era a Mandello per un matrimonio. Gliel'aveva comunicato poco prima al telefono.

«Peccato» si rammaricò sua madre. «Avremmo potuto cavarle qualche informazione utile su quell'Hamma e sul Loco, visto che vivono nel quartiere.»

«Non mi sembrano proprio i tipi da bouquet.»

Sorda alle schermaglie tra le altre due, Irene le precedette verso l'androne del palazzo che era la loro meta. La porta della custode, per fortuna, era sbarrata. L'occhiuta signora Angelita, probabilmente l'ultimo agente del Kgb rimasto in circolazione, il sabato pomeriggio doveva essere di riposo.

«Buono a sapersi» sospirò la giornalista, visto che ora avevano non una, ma addirittura due indagini da portare avanti lì dentro, e considerata l'anomala antipatia dell'Angelita per i curiosi e gli indiscreti. In un paio di occasioni, al tempo delle indagini sulla banda del Gatto, la Smilza aveva rischiato di assaggiare la saggina della sua scopa.

«Dividiamoci» propose la ragazza. «Io vado a cercare la famiglia di Hamma, voi in giro a informarvi sul possibile ritorno dal Gatto.»

Dividersi? Restare sola con Iole? Libera fece un balzo in avanti: «Vengo con te.»

«Io invece busso al Derrick. Ci vediamo tra un'oretta ai giardini.»

Il Derrick era il segretario in pensione di un notaio che avevano conosciuto durante un'altra inchiesta. Abitava in via degli Etruschi da sempre e aveva un debole per Iole. «L'ultima volta che ho dormito da lui, gli ho chiesto di buttare lì ai condomini, senza parere, qualche domandina su Capistrano. Se il nostro amico è tornato nel palazzo, di certo è stato notato.»

«L'ultima volta che ho dormito da lui»: aveva detto proprio così.

Libera alzò gli occhi al cielo, poi, senza aggiungere una parola, varcò, dietro la Smilza, l'androne della scala A.

Salirono a piedi. Un esercito di vasetti di potus, sanseveria ed erba miseria faceva la guardia a porte blindate da cui trapelavano voci di programmi televisivi in più lingue. L'odore del cavolo bollito si mischiava a quello della tajine di manzo e delle costine. L'aria profumava di paprika e coriandolo, di curry e cipolla.

Irene aveva avuto l'indirizzo di Hamma da uno dei suoi contatti, un agente del commissariato Monforte dove la moglie dello scomparso aveva presentato denuncia. Parlando con il poliziotto, la Smilza aveva avuto l'impressione che il caso del tunisino non fosse affatto considerato prioritario.

«È la solita faida tra spacciatori.» Il poliziotto aveva scrollato le spalle con l'aria di aver già visto mille altre storie simili. «Temo che 'sto Mohamed lo troveremo lungo stirato in qualche fosso.»

Insomma, anche in un commissariato, dove non vigevano certo le famose tre S del giornalismo popolare, il pregiudizio produceva rassegnazione, se non indifferenza, al male.

Hamma abitava con la moglie e il figlio in un appartamento al secondo piano della scala, la stessa in cui, due piani sopra, aveva vissuto per tutta la vita la madre di Capistrano.

«Strana coincidenza» fece Libera.

«Già.» La Smilza suonò alla porta del tunisino da cui proveniva il frastuono di musica sparata a tutto volume:

Ho imparato tanto da te
da andare in bici a schiacciare i freni
quando la vita sfreccia e non puoi cadere in piedi...

«Anche a me piace Emis Killa» disse Irene, i piedi che ballavano nelle All Star bucate, all'adolescente allampanato che spalancò la porta, sul corridoio lungo e stretto di un appartamentino buio. Aveva le occhiaie di chi non riesce a dormire, e tirava su col naso. Le squadrò, pettinandosi nervosamente il ciuffo.

«Chi siete?»

La Smilza si presentò con nome, cognome e professione: «Cerchiamo tua madre. Vorremmo parlare della scomparsa di papà.»

«E quando mai ve n'è fregato qualcosa?»

Per Libera fu come se l'avesse schiaffeggiata.

Quel ragazzino con la voce gonfia di rabbia e di lacrime trattenute aveva ragione, almeno per quanto la riguardava. In effetti, lei si era presentata lì con una scusa, senza riflettere sulla sofferenza che la scomparsa di un essere umano – fosse pure uno spacciatore – provoca in chi lo ama.

«Che ve ne frega a voi?» ribadì il ragazzo, cercando di chiudere la porta.

La Smilza appoggiò una mano sullo stipite. «A me frega» disse, e dal tono della sua voce, Libera capì che lo pensava davvero. Se non le era interessato prima della sorte di Hamma, quand'era solo un tipaccio fotografato sul giornale, ora le importava di lui. Le era bastato guardare negli occhi suo figlio per cambiare idea. Che cos'aveva riconosciuto in quello sguardo?

La giornalista frugò nella borsa, ne pescò un bigliettino che allungò al ragazzo. «Dallo a tua madre. Dille che posso aiutarla.»

In tanti mesi di frequentazione, alla nona inchiesta insieme, Libera non l'aveva mai vista distribuire biglietti da visita. Non era nel suo stile, non immaginava nemmeno che ne possedesse uno. Ma forse la Smilza aveva pensato che quell'intestazione così ufficiale (IRENE MILANI, *LA CITTÀ*, REDAZIONE CRONACA) potesse fare colpo o almeno infondere fiducia a chi credeva che la propria causa fosse persa.

«Glielo darai?»

«Sì» borbottò il ragazzo, con l'aria insofferente. Prese il biglietto e lo posò bene in vista sulla mensola dell'ingresso, accanto all'attaccapanni da cui pendeva un giaccone da uomo verde con la striscia bianca. C'era una foto su quella mensola. Libera aguzzò la vista. Doveva essere stata scattata in una situazione di festa perché il ragazzino indossava camicia, giacca e cravattino e la giovane donna accanto a lui un abito azzurro da cerimonia in chiffon, di quelli economici che scimmiottano l'alta moda. Hamma, zazzera di capelli ricci e orecchino, le teneva un braccio sulla spalla e sorrideva a disagio, intrappolato in un doppiopetto nero lucido con camicia color senape.

«Scusate» esclamò la Smilza.

Le era caduta la sacca e il contenuto si era sparpagliato sul pavimento. Una vera mitragliata di biro, pennarelli, bloc-notes, elastici di spugna e chiavi copriva le piastrelle lucide e sbrecciate a disegni floreali. Una spazzola ne era volata via. Non c'era un beauty case, e neanche una piccola pochette, in quella borsa da ragazza, notò Libera.

Il figlio di Hamma si chinò per aiutarle a raccogliere gli oggetti dispersi. Chiaramente non vedeva l'ora di sbatterle fuori di casa.

«Andiamo» disse Irene, quando il ragazzo ebbe chiuso la porta.

Prese le scale e le scese facendo un gran rumore, ma si bloccò con un dito sulle labbra, contro il muro tra il primo piano e il pianterreno.

«Dobbiamo risalire a controllare se per caso il Gatto sia tornato nell'appartamento della madre. Ma non voglio che il ragazzino ci veda, altrimenti penserà che siamo solo delle impiccione.»

Il che, in effetti, era proprio quello che erano.

In punta di piedi, risalirono le scale e approdarono al quarto piano.

«C'è ancora il nome da nubile della signora Capistrano sulla targhetta: Amelia Zuzzolo. L'appartamento non è stato riassegnato.»

Suonarono a lungo al campanello, guardandosi alle spalle per paura di essere scoperte. Ma il frastuono che proveniva da sotto, dalla casa di Hamma, avrebbe coperto un concerto di cornamuse.

«È inutile che continuate a bussare, l'Amelia è morta in primavera» le apostrofò all'improvviso la voce di una donna bionda sulla cinquantina che scendeva le scale in grembiule e ciabatte, tenendo al guinzaglio un barboncino nero come la pece. «Piantala, Benito» gli intimò, visto che la stava strattonando.

«In realtà cercavamo il figlio della Zuzzolo» la informò Irene, mettendosi alle calcagna della bionda, seguita a ruota da Libera.

Quella si bloccò su due piedi a metà di uno scalino: «E perché vi interessa?»

Già in passato avevano avuto l'impressione che i condomini di via degli Etruschi coprissero Capistrano. Forse perché era uno dei volontari del Comitato inquilini impegnato nel consegnare pacchi alle famiglie bisognose. Forse perché era nato e cresciuto lì, all'ombra dei platani del cortile, e lì era tornato, avvolto da una leggenda di ribelle e latin lover, dopo una vita avventurosa trascorsa tra Africa e Sudamerica.

Perché due estranee avrebbero dovuto dar la caccia a un tipo così? Portavano guai? Erano poliziotte in incognito?

«È che l'ho conosciuto a una festa» sospirò Libera, cercando di imitare il fremito di ciglia di cui sua madre era maestra e, contemporaneamente, arrossendo per la bugia. «E mi piacerebbe rivederlo.»

La donna ridacchiò. «Non sei mica l'unica, bocconcino. Ma il Diego è uccel di bosco da un bel po'...»

Era sincera? Mentiva per proteggerlo? Provare a stanare il Gatto si era rivelata da subito un'impresa.

«Mi sa che questa qui è una scala da cui scompaiono tutti» buttò lì la Smilza, con un risolino ebete. «Prima il Diego, poi quell'altro vostro vicino.»

«Quale vicino?» La bionda le si era fatta sotto curiosa, nonostante il barboncino continuasse a tirare. «E mettiti a cuccia» gli ordinò.

«Si chiama Hamma, credo. L'ho letto sul giornale.»

«Oh, il marocchino.»

La bionda piegò le labbra rosa corallo in una smorfia sprezzante e fece un segno della croce nell'aria. «L'avranno accoppato di certo.» Poi mollò il guinzaglio di Benito, che corse giù verso il cortile. «Uno in meno da mantenere» sentenziò.

«Diego è disperso» annunciò Iole, lasciandosi cadere sulla panchina sotto il platano gigante dei giardini, senza curarsi dei due adolescenti che erano uniti, lì di fianco, in un bacio a ventosa. Di scatto, la ragazza si scollò dall'amato e si alzò, tirandolo via per il braccio. Lui la seguì come un cocker al guinzaglio.

«Come compatisco quel poveretto. Anche il Derrick è una colla.»

Libera scrollò il capo. Sua madre era proprio incorreggibile: da vera hippie non aveva mai ceduto alla logica delle relazioni esclusive, che definiva «borghesi» e considerava soffocanti. A sessantotto anni compiuti praticava ancora l'amore libero. Se aveva accettato di mettersi a caccia di Capistrano, uno dei suoi ex amanti, non l'aveva certo fatto per riallacciare i rapporti con lui, quasi cinquant'anni dopo, ma perché lei, Libera, si era messa in testa di conoscere l'uomo che forse era suo padre.

«Quindi nessuno l'ha visto di recente?» chiese la Smilza.

«No.»

«E possiamo fidarci delle informazioni del Derrick?»

«Ciecamente.»

Dalla tasca dei pantaloni da odalisca, Iole sfilò una fiaschetta. «Quell'uomo è un tale maestrino che chiunque, nel palazzo, abbia un problema di scartoffie si rivolge a lui, e questo gli garantisce una marea di amici e informatori. Ma è così pesante, soprattutto quando fa il sentimentalone!»

La donna bevve un lungo sorso dalla fiaschetta. Una zaffata di alcol si mischiò all'odore di manzo e cipolla dei kebab che un gruppo di adolescenti consumava accanto alle altalene.

Irene storse involontariamente il naso. «Quindi siamo certi al cento per cento che il Gatto non sia passato di qui?»

«Al mille per cento. E allora, per non buttare via la visita, ho chiesto al mio agente all'Avana di informarsi sull'altro nostro cliente.»

«Quale cliente?» saltò su Libera con voce strozzata. Sperava di aver frainteso.

«Ma quell'Hamma, no? D'accordo che si tratta dell'"inchiesta dello schermo", ma se dobbiamo fingere, meglio farlo bene, o sbaglio?»

«Non sbaglia» rispose Irene seria.

Libera spostò lo sguardo dalla giornalista a sua madre e sospirò. Purtroppo aveva capito: Iole si stava appassionando al caso. Il rischio che le Miss Marple del Giambellino scendessero di nuovo in campo si faceva sempre più concreto, che Gabriele lo volesse o meno.

«Ma prima non dovremmo andare a cercare il Gatto alla trattoria degli Angeli?» propose, per scongiurare il pericolo.

Iole lanciò un'occhiata alla giornalista, bevve un altro sorso dalla sua fiaschetta e scattò in piedi. «Ce la farà il catorcio ad arrivare fino a Lambrate?»

4

La ballata dei padri

La trattoria degli Angeli occupava tutto il pianoterra di una palazzina in una strada residenziale alle spalle di piazzale Udine, a due passi dal parco Lambro. Sull'ingresso, chiuso da una cancellata verde, facevano ombra tre platani; di fronte aveva altri condomini, alla sinistra il campo sportivo della chiesa di San Leone Magno, ai due angoli su via Feltre un'agenzia di viaggio e una piccola pizzeria al taglio con sala sotterranea. Neanche un bar con i tavolini esterni all'orizzonte.

«C'è ben poco spazio per appostarsi senza essere viste» commentò Irene, parcheggiando la Punto sul marciapiede opposto, attenta a evitare i lampioni.

Erano quasi le sette di una sera di nuvole che minacciavano pioggia. Il sole era appena tramontato su Milano, senza mai essersi mostrato davvero, e i rari passanti camminavano spediti verso la metropolitana, curvi nei loro impermeabili per difendersi dal vento, senza badare a chi stava loro intorno.

«C'è poco spazio di manovra per noi, ma lo stesso vale per il Gatto» obiettò Libera. «Anche se si traveste, non sarà difficile, in questa stradina, individuare un settantenne atletico, alto e magro come lui, che fa un po' troppo la ronda.»

«Soprattutto adesso che abbiamo una sua immagine recente» le fece eco la Smilza, allungandole il telefonino e indicando una foto nella galleria. Gliel'aveva girata una fonte, spiegò, qualcuno che per mestiere teneva d'occhio chi era sospettato di simpatie eversive.

«Un agente dei servizi.» Iole arricciò la bocca in una smorfia di disgusto. «Non mi sono mai piaciute le spie.»

Cercando di controllare il tremolio delle mani, Libera prese il cellulare della giornalista. Chi aveva scattato la foto, usando un teleobiettivo, doveva essere interessato alla donna ripresa in primo piano, sulla sinistra, una sessantenne con una gran massa di capelli bianchi e spessi occhiali da miope. Il Gatto era stato colto di profilo, mentre parlava con lei e gesticolava, le mani grandi e sottili, gli occhi nocciola dal taglio allungato, gli zigomi alti. Proprio come i miei, pensò Libera con un sussulto.

Era suo padre quell'uomo dal naso pronunciato?

Iole si sporse dal sedile posteriore per osservare l'immagine. «E bravo Diego. Anche cinquant'anni dopo, resta un discreto manzo. Sarà un piacere rivederlo.»

La trattoria degli Angeli aveva poco in comune con gli altri obiettivi colpiti dal Gatto, luoghi generalmente squallidi e bui, usati come copertura da incalliti usurai.

Qui vecchi lampadari scaldavano, con la loro luce morbida, una veranda su cui si affollavano clienti già dall'ora di apertura. La carta del menu, affissa a un leggio fra i tralci di una rosa rampicante lilla, la *Perennial Blue,* raccontava di piatti della tradizione milanese: risotto, ossobuco con polenta, trippa e *bruscitt.* Il vento faceva oscillare le lampadine appese ai rami dei platani, creando un clima festoso da balera.

«Per fortuna la trattoria è chiusa a pranzo e alla domenica» osservò Libera, controllando su internet gli orari del locale. «Così sarà più semplice organizzare i turni di sorveglianza, visto che Irene non può certo mettersi in ferie per aiutare noi.»

La ragazza si voltò verso di lei e le sorrise. Da quando avevano lasciato via degli Etruschi sembrava ancora più silenziosa del solito. Stava pensando al figlio di Hamma? A quanto sarebbe stato più urgente scoprire la verità sul padre del ragazzino piuttosto che ostinarsi a cercare quest'altro padre, scomparso mezzo secolo prima? La caccia al Gatto con gli Stivali le sembrava un inutile spreco di tempo e di energie?

Come al solito, la ragazza la stupì: «Mi chiedevo» disse, esitando, «che cosa faremo quando l'avremo trovato?»

Già, che cos'avrebbero fatto? Libera non era mai arrivata a porsi il problema. Da quando aveva saputo di Capistrano, aveva pensato solo a come rintracciarlo. Non a come l'avrebbe affrontato, trovandoselo davanti.

«Io ho le idee chiarissime su quello che farò.» Iole aprì decisa la portiera e saltò giù dalla Punto. «Per prima cosa, vado a mangiarmi una polenta in trattoria, così controllo se il Gatto è in giro. Poi, quando lo acchiappo, lo invito a cena, lo ubriaco e gli strappo due capelli. Gli rubo lo spazzolino da denti e le mutande, per sottoporli al test del dna.»

«Tu non farai niente del genere» protestò la figlia.

«Io faccio quello che mi pare. Voi, invece, aspettatemi qui», e a passo spedito si avviò verso la veranda illuminata, senza voltarsi indietro.

A fatica la Smilza trattenne Libera, che voleva seguirla. Disse che Iole, in fondo, aveva ragione. Se volevano passare inosservate, dovevano dividersi. Dal lunedì successivo una di loro avrebbe montato la guardia fuori, in auto, un'altra dentro la trattoria. E per coprire più turni, senza insospettire il proprietario del locale, l'usuraio sotto copertura Luca Baioli, conveniva che cenassero separate.

«E allora aspettiamo.»

Con un sospiro, Libera allungò le gambe, stirò le braccia, aderì allo schienale e chiuse gli occhi. Nelle sue indagini casalinghe si stava abituando ai tempi morti dell'attesa che accompagnano gli appostamenti. Le davano l'occasione di far vagare la mente.

Vittoria era atterrata?, si chiese. L'aveva forse cercata senza trovarla visto che, per prudenza, aveva spento il cellulare? E poi, il commissario era smontato dal servizio? E, infine, come aveva preso, Furio, il suo silenzio?

Fulmineo, le attraversò il cervello un pensiero di gratitudine per la ragazza seduta al suo fianco, la tenera Irene che rinunciava al poco tempo lasciatole libero da Cagnaccio per darle una mano.

«Le ho mai detto di mio padre?» sussurrò all'improvviso lei.

Libera scosse il capo. La Smilza era riservatissima sulla sua vita privata. Le aveva parlato solo fugacemente della madre, «la signora perfezione», una manager di successo che viveva a Bellagio, la perla del lago di Como, e non approvava le sue scelte professionali. Sul padre neanche una parola. Lei aveva sempre pensato che fosse morto.

«Ha abbandonato mamma quando è rimasta incinta di me.»

Libera non aprì gli occhi. Non si voltò a guardarla. Sapeva che Irene avrebbe preferito così. Nel buio dell'abitacolo, la ragazza le confidò le fantasie da romanzo che aveva coltivato negli anni dell'infanzia su quel padre assente diventato ora esploratore, ora pirata, ora agente speciale sotto copertura, finché – approdata alla *Città* – aveva scoperto che gestiva un ristorante sulle alture sopra Bogliasco, in Liguria, ed era andata a trovarlo.

Libera trattenne il fiato.

«È stato gentilissimo» concluse la Smilza, cercando di tenere salda la voce. «Ma ha detto che non ha mai desiderato un figlio e che non lo desidera nemmeno ora.»

Un pugno strozzò lo stomaco di Libera. Il suo pensiero corse a Vittoria, che aveva solo due anni più di Irene. La rivide bambina, poi adolescente, poi donna, spesso in disaccordo con lei, piena di giudizio, a volte dura e scostante. Eppure non passava ora senza che lei se ne preoccupasse ed era fiera della sua forza e del suo coraggio.

Poteva un uomo sano di mente rinunciare a sentirsi padre di quest'altra ragazza così sensibile e profonda? Che cosa c'era di sbagliato in lui?

Libera allungò una mano verso quella di Irene, che non si ritrasse. «Per molti anni ho pensato che ci fosse qualcosa di sbagliato in me.»

«E poi?»

«Poi ho incontrato Rosa Maria.»

Libera inspirò profondamente e si voltò verso la giornalista.

Rosa Maria era la signora dallo sguardo acuto e disturbante che Irene definiva, ridendo, «la mia guru», un incrocio tra una psicologa e una santona, pensava lei, diffidente. L'aveva incontrata un paio di volte, sentendosi sempre a disagio per le sue frasi spiazzanti. Ma era stato proprio un suo libro, *Le ferite (illusorie) dell'amore,* a darle la forza di prendere l'iniziativa con Gabriele.

Pure del rapporto padre-figlia si intendeva? Era onnisciente, quella benedetta donna?

Cercando di dissimulare la curiosità sotto la maschera dello scetticismo, Libera buttò lì: «E qual è stato il consiglio della tua guru?»

«Di accettare questo dolore, perché è un'opportunità per crescere» rispose seria la ragazza.

Fu in quel momento che il cellulare della giornalista vibrò per un messaggio in arrivo: «Qui dentro c'è la Fata» scriveva Iole a caratteri cubitali. «Ci abbiamo preso, ragazze!»

Con suo sommo dispiacere, Iole aveva dovuto affrettare la cena per lasciare il locale prima che la Fata, che la conosceva bene, la notasse. Nel frattempo l'aveva spiata, nascosta dietro una trave della veranda. Isabella era seduta, sola e spalle al muro, a un tavolo d'angolo del locale da cui dominava la porta d'ingresso. Nel piatto aveva un'insalata verde e una cotoletta che piluccava lentamente, con l'aria di una gran dama costretta suo malgrado a nutrirsi.

«Visto che era in incognito, ha cercato di passare inosservata» commentò Iole, maligna, facendo rapporto alle altre due, una volta risalita in macchina. «Quindi, niente pantaloni di pelle, niente borchie e niente bustino sadomaso.» Lei e la Fata non si erano mai piaciute.

In effetti, quando videro uscire la donna dalla trattoria, un'ora abbondante più tardi, anche Libera e Irene furono colpite dalla sua relativa sobrietà: gli abiti da pupa del gangster erano stati sostituiti da trench, pantaloni maschili e baschetto in puro stile Marlene Dietrich. Del vecchio look da panterona resistevano solo i tacchi a stiletto e le unghie lunghissime, che le lampadine dell'ingresso rivelarono splendere di pagliuzze d'oro. Anche così dimostrava dieci anni meno di quelli che l'anagrafe le attribuiva.

«Comunque si conci, resta una donna affascinante» commentò Irene, suscitando un mugugno indispettito alle sue spalle. Senza dargli peso, la giornalista continuò: «Temo che abbiamo chiuso per stasera. I rapinatori non colpiranno. La Fata deve ancora fare il suo rapporto al Gatto.»

Per questo si incollarono al taxi su cui la donna salì in piazzale Udine. Speravano che le portasse dritte dritte al latitante, ma la macchina scaricò Isabella in via degli Etruschi e lei varcò il portone senza voltarsi indietro e senza che nessuno la seguisse. Così alla Smilza non restò che dirigersi verso il Giambellino.

Quando furono in vista del casello, con il suo giardino rigoglioso, il caco carico di frutti, la vecchia lampada da diligenza che illuminava i gradini dell'ingresso, Iole saltò giù dalla Punto.

«Vi lascio. Il Prug mi aspetta da ore» disse, indicando un centauro fermo accanto alla sbarra del passaggio a livello. Poi, rivolta alla figlia: «Buon per te che dormo fuori e non potrò interrogarti sulle tue assenze ingiustificate.»

«Tanto non avrei niente da dirti» chiarì Libera, ma con tono molto meno sicuro di quanto avrebbe voluto. Perché sua madre riusciva sempre a metterla in soggezione?

«Non ci giurerei.»

Ancheggiando, Iole le voltò le spalle e si diresse verso il motociclista in attesa, non prima però di aver gridato alla Smilza: «Appena mi chiama il Derrick, ti faccio sapere, ragazza. Perché alla ricerca di Hamma, o di quel che ne resta, voglio partecipare anch'io.»

Insomma, era deciso. Nonostante le preghiere di Gabriele, le Miss Marple del Giambellino stavano per scendere in pista di nuovo e le aspettava addirittura una doppia indagine. Libera si pentì all'istante del sospiro di piacere che le era sfuggito a quel pensiero.

Appena entrò in giardino, Idra le si fece incontro, con la sua buffa andatura dinoccolata dovuta a una vecchia frattura della zampa. Nonostante l'indole diffidente da cane più volte abbandonato, alzò il muso verso di lei, come per ricevere una carezza. Era il più sgraziato degli incroci possibili tra un boxer e un pastore tedesco, ma i suoi occhi brillavano di intelligenza.

«Ci facciamo una minestra?» sussurrò Libera, scoprendo solo in quell'istante di essere affamata. Idra si accucciò sotto il portico ad aspettarla, mentre lei affrontava il disordine di Iole: il frigorifero desolatamente vuoto di tutte le pietanze che le aveva lasciato prima di partire, briciole ovunque, la tovaglia macchiata, una pila di piatti sporchi nel lavello. In sessantotto anni di vita, mai sua madre si era piegata a quella che definiva «la schiavitù dei lavori domestici». Mentre la minestra cuoceva, Libera rigovernò, poi, dopo aver riempito la ciotola del cane e svuotato il suo piatto, finalmente si permise di riaccendere il cellulare e di affrontare la sfilza di chiamate senza risposta e di messaggi.

Vittoria, la figlia, aveva concluso l'ultimo con un sostenuto: «Volevo comunicarti che torno domani... forse.» Libera non fece in tempo a leggere quelli del commissario perché l'uomo chiamò: «Che fine avevi fatto? Il tuo cellulare è spento da ore. E poi, com'è andata con le tigri? Ti hanno perdonata?»

La sua voce era roca per la fatica e per le sigarette. Così sexy, pensò Libera con un brivido. Non avrebbe rinunciato a lui per nessun motivo, per nessun'indagine al mondo: «Vicky non l'ho neanche vista» rispose imbarazzata. «Ma ho dovuto scarrozzare mamma tutto il giorno per farmi perdonare.»

Se non era una bugia le assomigliava molto, e lei detestava le bugie.

«Uhmm, mi piaci quando fai così la misteriosa» rise il commissario. «Stasera tiro tardi in ufficio. Sta per scoppiarci la grana di una guerra tra bande e io ho trascurato un po' il lavoro ultimamente, ma domani ho in serbo qualcosa per te.»

Domani torna Vittoria e non sarò libera, pensò lei salutandolo, ma non glielo disse. Non voleva mettere già le mani avanti. Perché doveva essere tutto così difficile?

Per distrarsi, uscì di casa, attraversò a piedi nudi il giardino e si infilò nel suo laboratorio da fioraia. L'erba era umida per la pioggia, che era caduta abbondante nei giorni precedenti, ma dentro il locale l'aria profumava di rosa, di lilium, di garofano e cannella. Libera si lasciò cadere sulla poltrona accanto alla scrivania, prese l'agenda e la sfogliò. Il venerdì successivo era fissata la prima consegna della settimana: uno dei più stravaganti bouquet che le fossero mai stati commissionati.

«Ho pensato a un mazzo di fiori tutti neri, legati da un nastro in tinta» aveva detto la futura sposa, una tipa piccola dal viso di bambola, con lunghi capelli biondi che cadevano in onde morbide su uno spolverino rosa confetto. Che il suo modello potesse essere Barbie, Libera l'aveva pensato prima che la ragazza, Fabrizia, trentotto anni, veneta di Vicenza, commessa in un negozio di arredi natalizi con l'ambizione di diventarne proprietaria, aprisse bocca e le facesse quella sbalorditiva richiesta, sillabandola per darle più importanza: «Dev'essere una composizione di fiori me-mo-ra-bi-le. Voglio apparire unica, il giorno delle mie nozze.»

«Unica» ripeté Libera, stordita. In effetti nessuno le aveva mai chiesto un bouquet color lutto. «E l'abito come sarà?»

«A sirena e nero, naturalmente. Sono a dieta stretta da due mesi. Lascerò tutti senza fiato.»

Di sicuro, Fabrizia aveva lasciato senza fiato lei, anzi, l'aveva lasciata in preda alla tentazione di rifiutare l'incarico, se non fosse stato che l'aveva già fatto poche ore prima con un'altra sposina, Adele.

Libera cercava di non giudicare mai le richieste delle sue clienti – in fondo chi era lei per farlo? – anche quando insistevano perché si procurasse fiori non di stagione, obbligandola a farli venire in volo da Zanzibar, per esempio, o quando arrivavano brandendo la foto di una celebrità di cui volevano copiare il bouquet, dopo averne già imitato l'abito e l'acconciatura. Ma a volte le motivazioni delle future spose le parevano l'esatto opposto di quelle che avrebbero dovuto muovere una donna che sta per fare una scelta d'amore. Questa Adele, per esempio, una consulente finanziaria di ventisette anni, le voleva commissionare l'intero arredo della chiesa, oltre al bouquet. Un lavoro ben retribuito, aveva specificato, ma a una condizione: «Le do mano completamente libera, purché dissemini ovunque dalie e crisantemi. Le navate devono essere piene. E pure il ristorante.»

«Crisantemi? Non sono considerati fiori da matrimonio in Italia.»

«E infatti spero che propizino un funerale o almeno un ricovero ospedaliero» aveva ridacchiato la ragazza, lanciandosi nella descrizione di una faida familiare, una «guerra dei Roses» di cui era protagonista suo padre, colpevole di aver lasciato la moglie anni prima. «Si sentiva soffocato dalle responsabilità e dalle abitudini, il poverino. Poi ha avuto due figli da una strega giapponese che lo comanda a bacchetta. E pretende pure di portarla alle mie nozze.»

Fulmineo, nella mente di Libera, si era formato un sospetto: il polline del crisantemo e quello della dalia possono provocare forti crisi respiratorie: «Non mi dirà che la signora è allergica, vero?»

«No, è lo stronzo a essere allergico» aveva ammesso candidamente Adele.

«E perché lo hai invitato se sei ancora così arrabbiata con lui?»

Senza accorgersene, Libera era passata dal lei professionale al tu. Quella ragazza così giovane e già così astiosa la sgomentava e nello stesso tempo le suscitava un istintivo desiderio di protezione.

Adele l'aveva guardata come se non capisse la domanda.

«Perché l'ho invitato? Perché è mio padre, no? Non sono

mica orfana da andare sola all'altare. E almeno potrò restituirgli il favore.»

Sospirando, Libera chiuse l'agenda.

Non se l'era sentita di accettare l'ingaggio. Con la scusa di un impegno già preso, aveva spedito Adele dalla sua amica Sarah, che era stata psicologa in un carcere minorile prima di scegliere la botanica, perché, diceva: «Nessun fiore è nato per uccidere.»

Forse Sarah avrebbe saputo trovare le parole che mancavano a lei per convincere la ragazza a desistere dal suo piano, o anche solo a escludere il padre dalla cerimonia per non inquinarla con il rancore.

Ma rinunciare alla vendetta non basta. Istintivamente lo sguardo di Libera si posò sulla pila di riviste (vecchi numeri di *Gardenia*) sotto cui aveva infilato il libro di Rosa Maria. Il primo capitolo (*Perdonare, perdonarsi*) sembrava scritto apposta per Adele. Spiegava che, per raggiungere il proprio equilibrio, bisogna guarire le aspettative sui genitori, passando attraverso il dolore e la fatica di accettarli per quelli che sono: imperfetti, come tutti. Un lavoro che può durare un'intera vita o addirittura non finire mai.

Libera si sentiva sulla buona strada con Iole. Da quando indagavano insieme, la vedeva sotto una luce diversa. Aveva cominciato a considerare frutto di audacia e di intraprendenza alcuni suoi comportamenti sopra le righe che in passato aveva bollato come sventati. Sarebbe successo lo stesso anche con il padre, se mai l'avesse conosciuto? Ed era Capistrano, quel padre?

Le campane della chiesa di San Cristoforo batterono dieci rintocchi. Libera chiuse le imposte del finestrone affacciato sui binari. La vite canadese che si arrampicava sulla recinzione in cemento era umida di pioggia. Lei abbracciò, con uno sguardo circolare, il piccolo mondo del suo laboratorio: i secchi colmi di *gypsophila paniculata* o velo della sposa, la scrivania, gli scaffali carichi di volumi, la stufa a pellet, il bollitore del tè. Sul divano destinato alle clienti era appoggiata una coperta a grossi rombi fatta all'uncinetto. Era appartenuta alla dote di Ribella, sua nonna. Libera se la drappeggiò sulle spalle e appoggiò la testa allo schienale. Dov'era e cosa stava facendo il Gatto in quel momento? Aveva mai sospettato qualcosa di lei?

Da via Giambellino si alzò il lamento acuto di una sirena d'allarme a cui subito fece eco un coro di ululati. Mentre, sotto il portico, Idra si univa al concerto, Libera chiuse gli occhi e scivolò in un sonno senza sogni.

5

Il mistero dei due anelli

«Ma bene!»

Ritta sulla soglia, le lunghe ciocche di capelli scuri che le ricadevano umide sulla fronte, Vittoria mostrava, nei tratti tesi del viso, un umore più tempestoso di quello del cielo alle sue spalle.

Libera si svegliò bruscamente e si mise a sedere con le ossa doloranti. Tastò i cuscini del divano alla ricerca del cellulare ma non lo trovò. Dov'era finito? E che cosa ci faceva lì, la figlia? Non doveva essere a casa di Achille?

«Ma bene» ripeté Vicky con un'espressione che smentiva le sue parole. «Qui si dorme della grossa, con la porta di casa aperta e il telefono abbandonato sul bancone della cucina, in modo da non essere disturbate. Tra l'altro credo di aver visto almeno un paio di chiamate non risposte di Ricci, oltre alle quindici mie.»

Ricci, cioè Gabriele, era il capo di Vittoria, che da sempre temeva e osteggiava la possibile nascita di un legame tra loro. Per questo la loro relazione era ancora segreta, pensò Libera. Per questo, ma forse non soltanto, ammise tra sé cercando di sfuggire lo sguardo della figlia.

Quanto assomigliava al padre, quando faceva così. Era proprio nata poliziotta.

Battendo ritmicamente il piede, le mani sui fianchi, Vittoria proseguì: «Prima sparisci per tre giorni, senza dire nulla alla nonna. Poi spegni il cellulare tutto il pomeriggio. Si può sapere che cosa succede? Non ti starai imbarcando in un'altra di quelle tue ridicole indagini?»

«Ridicole un par di ciufoli» avrebbe risposto sua madre, se fosse stata lì. «Le Miss Marple del Giambellino hanno dato spesso filo da torcere alla polizia.»

Ma Iole sapeva tener testa alla nipote, a differenza di Libera che tendeva a sfuggire al confronto.

«Nessun'indagine» mentì, infatti, sgusciando fuori dalla porta e precedendo la figlia verso casa. «Avevo solo discusso con tua nonna e volevo stare un po' da sola.»

«A quanto pare anche Ricci sentiva la stessa necessità» puntualizzò Vicky seguendola sospettosa, come un Jack Russell terrier sulle tracce di una volpe. «Anche lui è stato tre giorni in ferie, irreperibile.»

Come avesse fatto a scoprirlo, visto che era in missione – anzi, in punizione – negli Stati Uniti, non era dato saperlo. Libera rabbrividì pensando all'ispettore Bepi Furlan, detto Radio Questura, uno dei colleghi anziani della figlia, che aveva visto una sua sciarpa a casa del commissario.

L'aveva spifferato a Vittoria, quel pettegolo?

Dando le spalle alla figlia perché non le leggesse l'imbarazzo in viso, Libera iniziò a spignattare. Mise l'acqua per il tè sul fornello. Da uno stipo della dispensa, dietro lo scaffale dei detersivi, pescò le vivande di emergenza nascoste lì per sottrarle alla voracità di Iole: fette biscottate e marmellata di fichi fatta in casa. In forno infilò una pirofila con quattro mele tagliate a spicchi e cosparse di uvetta e pinoli. Prima di servirle ci grattò sopra zenzero e cannella.

«Che meraviglia!» sospirò Vittoria, aspirando il profumo delle spezie. Benché fosse piccola e sottile come il padre e non avesse mai voluto imparare a cucinare neanche un uovo sodo, era una buona forchetta e spesso Libera riusciva a smorzare a tavola le asperità del suo carattere.

«Credevo che avresti passato la domenica da Achille.»

«Lo speravo anch'io. Ma mi hanno richiamata in servizio. Ci sono grane all'orizzonte.»

Davanti alla seconda porzione di mele – il cibo le scioglieva sempre la lingua – raccontò che la sua squadra era impegnata su due fronti, proprio mentre tre colleghi erano in ferie e una quarta in maternità. Qualcuno doveva occuparsi di una serie di rapine a gioiellerie del centro, altri – tra cui lei – di una guerra tra bande al quartiere Molise-Calvairate dove erano già spariti due uomini, uno dei quali era stato trovato morto.

Libera drizzò le orecchie. Si trattava di sicuro del caso di Hamma e di Alì.

Forse poteva scucire alla figlia qualche informazione che si sarebbe rivelata utile alla Smilza. Ma non doveva mostrarsi troppo interessata o Vittoria si sarebbe chiusa a riccio.

«Il quartiere Molise-Calvairate? Vicino al negozio di Sarah?» buttò lì, allungandole una fetta biscottata.

«Sì, ma è un caso che non ha niente a che vedere con lei.»

«E come fai a saperlo?»

L'aria da ingenua non ingannò Vittoria, che strizzò gli occhi, sospettosa. «Si tratta di uno scontro tra spacciatori: tunisini contro peruviani. Non credo siano appassionati di botanica, mamma.»

«No davvero, per quanto...»

Per quanto Achille, il ragazzo della figlia, nonostante i suoi guai con la legge, avesse una vera passione per le piante. La fedina penale non racconta tutto di un uomo, si disse Libera, e il suo pensiero fu così evidente che Vittoria sbottò sarcastica: «Non ci risulta che gli scomparsi avessero il pollice verde, comunque.»

Il discorso, per lei, era chiuso. Con una mossa secca, allontanò il piatto e si alzò, puntando il dito contro Libera: «Non è roba per te, mamma, e tantomeno per quella svampita della nonna. Questi qui ammazzano male.»

Le voltò le spalle e cominciò a salire, rigida, la scala in pietra che portava al primo piano e alle stanze da letto, ma sul ballatoio si degnò di lanciarle l'ultima informazione: «E poi, oggi chiudiamo il caso.»

Chiudevano il caso?

Libera dovette seguirla fin dentro la camera, dove la figlia era andata a indossare la divisa, per ottenere una spiegazione, e solo in cambio della promessa formale che quel giorno lei e la madre si sarebbero tenute a non meno di cinque chilometri dal luogo dell'azione – che era, disse, via Ugo Tommei, la tana del Loco.

«Oggi andiamo ad arrestarlo. Uno dei nostri l'ha intercettato mentre si vantava degli omicidi con la sua amante: "*El primero fue matado, ahora falta el segundo.*"»

Manca il secondo, cioè Hamma, tradusse mentalmente Libera, pensando con un brivido al figlio del tunisino che il giorno prima le aveva apostrofate con quella frase amara: «*Che ve ne frega a voi?*»

«Pensate che sia ancora vivo, il secondo scomparso?»

Vittoria si raddrizzò in tutto il suo metro e settanta scarso di nervi e muscoli. «E a te che importa, mamma? Mica lo conosci.»

«Penso solo che sarebbe una bella cosa, per la tua squadra, sventare un omicidio.»

«Certo, però dubito che un tipo come il Loco si tenga in casa un prigioniero. Il secondo scomparso sarà nel covo di qualche fiancheggiatore, se pensano di torchiarlo e l'hanno lasciato vivo per quello. Oppure è già sotto terra, o ha tagliato la corda prima che lo acchiappassero.»

Libera sospirò.

Dall'espressione sofferta del ragazzino, non sembrava che il padre fosse riuscito a sfuggire alla caccia dei peruviani, o comunque non aveva avvertito la famiglia.

«Può essere che ce lo dica il Loco, quando lo interroghiamo» proseguì Vicky. «Ma solo se gli conviene leccare le scarpe al giudice. Quella è gente che non fa niente per niente.»

Quanta amarezza c'era nelle parole di sua figlia. A soli venticinque anni, Vittoria era già abituata a vedere il male nelle persone. Era stato così anche per suo marito Saverio e lo era per Gabriele, che da più di trent'anni si immergeva quotidianamente nel fango di atroci casi di violenza.

Impossibile non esserne appesantiti, pensò Libera. E forse era proprio quest'aura nera che circondava gli uomini della sua vita a farle desiderare, per contrasto, la compagnia di Furio e la sua calda leggerezza. Eppure qualcosa in lei era attratto dall'ombra. Non si sarebbe spiegata altrimenti la passione per l'indagine che la spingeva a frugare nella meschinità dei cuori e delle vite altrui. Per riparare i torti subiti, diceva sua madre, prendendola in giro. O forse, si illudeva lei, per comprendere le motivazioni dei colpevoli e sentirli meno lontani da sé.

«Puoi tornare sulla Terra, mamma?»

Vittoria le schioccava le dita sotto il naso e sorrideva, con quell'espressione di tenera superiorità che gli adulti assumono davanti ai bambini troppo fantasiosi. «Io vado in ufficio adesso. Dopo l'arresto del Loco, dovremo perquisirgli casa. Lasciami qualcosa in frigorifero, se puoi, perché tornerò tardi.» Sulla porta, le puntò di nuovo contro il dito: «E, mi raccomando, niente via Tommei, né tu né nonna.»

Le campane della chiesa di San Cristoforo batterono sette colpi mentre la ragazza varcava il cancello. Il sole stava sorgendo dalle parti di Porta Genova e presto avrebbe tinto di rosa le acque bigie del Naviglio.

Alle sette meno venti del mattino, Alma, la mamma di Gianni, salì sulla 84 diretta in via Durini dove prestava servizio a casa di Marta Beatrice Pirelli, una professoressa di latino in pensione, mentalmente lucidissima ma seminvalida per l'artrite. Alma adorava arrivare un po' in anticipo, preparare un caffè alla signora, portarglielo in camera e permetterle di aprire la valigia dei ricordi di cui i figli, annoiati, avevano le tasche piene. Ma lei sapeva ascoltare e in quei tre mesi da vicebadante aveva imparato a conoscere le dune della Namibia, la montagna sacra di Uluru, il lusso dei bagni di Saint-Tropez e l'infiammato *foliage* dei boschi canadesi attraverso le parole e le foto della Pirelli, lei che non era mai andata al di là di Gatteo a Mare o di Tunisi, in traghetto, dopo le nozze con Hamma.

Sospirando, si schiacciò contro lo schienale del sedile e lanciò un rapido sguardo circolare agli altri passeggeri. Erano tutti curvi sui telefonini, nessuno sembrava far caso a lei e alla shopper di plastica rosa che stringeva con forza sotto l'ascella. Ancora due o tre viaggi e avrebbe potuto riprenderlo, quel traghetto, forse perfino l'aereo per fuggire lontano da quella pioggia.

In corso di Porta Vittoria scese dall'autobus e si incamminò veloce, il cappotto bordeaux che la infagottava, i capelli scuri raccolti sulla nuca con un mollettone d'osso da cui sfuggivano lunghi ricci a sfiorarle il collo. Stava attraversando il portico di largo Augusto quando una mano robusta la afferrò da dietro e la spinse contro una colonna.

«Tranquilla!» intimò la voce nota di un uomo.

Alma fissò il suo interlocutore, spaventata, il braccio libero da cui pendeva la borsetta stretto contro il cuore, come a proteggersi. «Signor Diego, ma è proprio lei?» trasecolò dopo qualche istante. «Non l'avevo riconosciuta.»

Diego Capistrano, il figlio della vecchia signora Amelia, era stato per un breve periodo suo vicino di casa. Gianni, il suo bambino, si era molto affezionato a lui, una simpatia ricambiata, a quanto sapeva. Ma da qualche tempo l'appartamento della Zuzzolo era vuoto, Capistrano sparito dai radar. Che ci faceva lì, a quell'ora, con quel nuovo aspetto e l'aria di chi si guarda furtivo alle spalle?

L'uomo le sorrise per tranquillizzarla. Si accarezzò il viso e il collo. Il giorno prima si era rasato i baffi e aveva tagliato cortissimi i capelli che per tutta la vita aveva portato raccolti in una coda. L'aveva fatto per prudenza, per rendersi ancora più irriconoscibile. Non sapeva se la polizia l'avesse individuato come il rapinatore chiamato il Gatto e se lo stesse ricercando.

«Posso fare qualcosa per lei?» chiese la donna, di fretta. Le sue nocche si contrassero sui manici della borsa.

«Sono io che vorrei esservi utile. Gianni mi ha detto della scomparsa di Hamma.»

«Che sciocchino.» Alma si era irrigidita, schiacciandosi contro la colonna come se volesse mettere spazio tra di loro.

«Sul caso indaga già la polizia. Sono sicura che lo troveranno presto.»

E io sono sicuro che tu nasconda qualcosa, pensò il Gatto, notando come la donna distogliesse lo sguardo. Non era la prima volta che correva in suo aiuto. Era stata proprio Alma, confessandogli il vergognoso ricatto sessuale che subiva da un creditore del marito, a spingerlo alla prima rapina contro gli usurai.

Quello smidollato di Hamma! Non gli sarebbe importato assolutamente nulla di lui e della sua sorte se non fosse che Gianni ne soffriva.

«Qualunque sia il problema, può fidarsi di me» insistette. «Io non vi giudico e non sono un poliziotto.»

Ci fu una breve esitazione, come se Alma stesse pensando finalmente di aprirsi, poi la diffidenza ebbe il sopravvento.

«Per favore, non si intrometta.» Lo guardava da sotto in su con aria supplichevole. «Vedrà che tutto andrà bene.»

«Eppure non è andata affatto bene all'amico di suo marito.»

Nel dirlo, le tese il giornale, piegato sulla foto di Alì, ma lei lo respinse come se scottasse. «Non erano affatto amici» disse.

E già si stava voltando per scappare quando Capistrano la gelò: «Non conosce neanche questo tizio qui? Da giorni pedina suo figlio.»

Le allungò sotto il naso il cellulare di Eros, il suo coinquilino di piazzale Cuoco. Se l'era fatto prestare per fotografare il tizio tarchiato che era diventato l'ombra di Gianni. Il giorno prima, con un messaggio lasciato nel solito scheletro di televisore, aveva avvertito il ragazzino di non uscire. Da quel momento, il tarchiato consumava l'asfalto di via degli Etruschi, camminando avanti e indietro.

«Allora, lo conosce, sì o no?»

Alma scosse il capo, pallidissima.

«È sicura?»

«Sì.»

Fu quasi un urlo isterico che attirò l'attenzione di una coppia di passaggio. I due squadrarono il Gatto con sospetto.

Decisamente mi nascondi qualcosa, pensò lui, voltando le spalle alla madre di Gianni e imboccando veloce corso di Porta Vittoria. Per far sbollire l'ira camminò di gran lena fino a largo Marinai d'Italia e proseguì lungo viale Umbria, per una volta senza ammirare lo splendore delle chiome dei platani e dei liquidambar accese dall'autunno.

Che razza di persone erano quei due? Hamma aveva permesso che la moglie si prostituisse per pagare i suoi debiti di gioco, Alma mentiva per proteggere chissà chi o chissà cosa, rischiando che il figlio ci andasse di mezzo. Toccava a lui occuparsi di Gianni, decise. Ma non poteva farlo senza sapere che cosa ci fosse dietro la scomparsa del tunisino e la morte di Alì. Le cose dovevano per forza essere collegate, visto che i due stavano insieme la sera della rissa con i peruviani.

Quando fu all'altezza di piazza Insubria notò, con la coda dell'occhio, un movimento sospetto. Poliziotti, pensò, fissando due tizi che fingevano interesse per i prodotti esposti in un negozio di cibi etnici: barattoli di latte condensato o di cocco, ignami, manioca e mille tipi diversi di riso. Una biondina con aria da gringo bighellonava davanti alla griglieria filippina.

Che cosa ci facevano lì tutti quegli sbirri? Difficile che aspettassero un lupo solitario come lui, sembravano prepararsi a una retata in grande stile.

Con fare indolente, imboccò via Faà di Bruno. Passò sotto il naso di quello che era certamente un giovane agente sotto copertura. Almeno tre auto civetta percorrevano viale Molise da piazzale Cuoco, in direzione del centro.

Mancava giusto il Settimo Cavalleggeri.

Il Gatto lanciò uno sguardo ai due spacciatori che, come ogni giorno, vendevano la loro mercanzia usando a mo' di bancarella il bagagliaio di una vecchia Punto parcheggiata sul marciapiede, accanto a un frigorifero su cui bottiglie di birra vuote facevano bella mostra di sé. A lato, le casse trasmettevano a tutti decibel una canzone in spagnolo:

Si tu amor me va a matar
yo me voy feliz pa'l cementerio...

Bella roba, pensò il Gatto, che era cresciuto ascoltando Bertoli e Guccini e che due sere prima aveva canticchiato con Eros *Il fischietto dell'operaio*. Ne ricordava ancora ogni singola parola:

Il fischietto dell'operaio
rompe i timpani dei padroni
oggi sciopero, su compagni
per le strade dimostrazioni...

Quei due rimbambiti lì, della Punto, li avrebbero presi a calci in culo ai suoi tempi, pensò, passando davanti agli spacciatori intenti a vendere il loro veleno sotto gli occhi degli sbirri. Buon per tutti se li avessero arrestati. Un giretto a San Vittore li avrebbe tolti per un po' dalla strada e dal portone della scuola dove studiavano ragazzini come Gianni, che meritavano qualcosa di meglio di quello schifo.

Capistrano fece un cenno di saluto ai due indiani del chiosco di fiori, poi entrò nel cortile insolitamente deserto. Le panche sotto i platani, accanto all'edicola della Madonnina, erano vuote. Qualcuno più sveglio dei due disgraziati là fuori doveva aver lanciato l'allarme e ora chi aveva qualcosa da nascondere aspettava in casa la resa dei conti. A chi sarebbe toccato questa volta?

La lapide con l'alloro rinsecchito, dedicata a Battista Liberatore e Camillo Zanfrognini, morti nei campi di sterminio, vegliava a lato del portone.

Il Gatto entrò deciso nell'appartamento di Eros, infilò i suoi quattro abiti nello zaino, mise il cellulare dell'amico in bella vista sul tavolo e se ne andò, senza lasciargli un messaggio. Si sarebbero rivisti lì o altrove, se uno dei due avesse avuto bisogno. Ma ora quella casa scottava: c'era troppa polizia in giro, lui avrebbe dovuto trovare un altro rifugio da cui vegliare sul suo protetto. Prima, però, lo aspettava una missione.

Mentre percorreva a ritroso via Faà di Bruno, mimetizzandosi dietro un filare di liquidambar, rilesse l'articolo sulla morte di Alì a caccia di un indirizzo. Non c'era, ma c'era il nome del comune in cui il tunisino risultava residente.

Proprio da quel paese avrebbe cominciato, visto che Gioia, l'anima del Comitato inquilini, la donna che conosceva tutti nel quartiere, aveva escluso che il morto vivesse o spacciasse lì. E allora dove e perché era entrato in contatto con Hamma?

Al riparo di due alti ippocastani, il Gatto lanciò uno sguardo allo stabile giallo dov'era nato, dove sua madre aveva vissuto e dove suo padre era morto suicida, iniettandogli l'odio contro gli usurai che aveva indirizzato la sua vita. Non era mai stato un nostalgico, ma quel palazzo di via degli Etruschi in cui ancora abitavano il suo protetto e la Fata era la cosa più simile a una casa che avesse mai conosciuto. La vista di un cinquantenne ingolfato in una pesante giacca di montone lo strappò ai suoi ricordi: il tarchiato non aveva lasciato il suo punto d'osservazione. Gianni doveva andarsene il prima possibile dal quartiere.

Con un balzo deciso, saltò sull'autobus che l'avrebbe portato alla metropolitana.

Alla stazione di Porta Garibaldi l'aspettava il treno delle 10.17 per Lecco.

«Allora, che cosa sono queste novità?» fece brusco il *Dog*, lasciandosi cadere sulla sedia. Sul tavolo piazzò una delle buste beige dell'archivio della *Città*. L'intestazione, in stampatello maiuscolo, era TUNISINO MORTO NEL BOSCO, OTTOBRE 2014, tra parentesi c'erano le generalità complete di Alì.

Alle undici di mattina di quella domenica miracolosamente non piovosa, nonostante il cielo da tregenda, la veranda della Agatha Christie & Co., la libreria-bistrot delle loro riunioni galeotte, ospitava una clientela eterogenea. Irreprensibili milanesi in giacchetta immersi nella lettura del quotidiano si mescolavano a famigliole con cani e bambini e a studenti Erasmus, in un allegro vociare di lingue, tra brioche farcite alla crema di nocciola e caffè americano.

«Per me, hummus di ceci e un bel vinello» berciò Iole rivolta alla Smilza, che stava entrando nel locale a ordinare. Poi, con tono di rimprovero: «Anche di domenica l'adunata deve suonare per forza all'alba?»

Istintivamente Cagnaccio e la sua allieva, abituati a lavorare dalle cinque del mattino, alzarono gli occhi al cielo.

Era stata la Smilza a convocare l'incontro dopo che Libera l'aveva chiamata per riferirle le novità dalla questura. «Meglio che il *Dog* sappia che mi state aiutando» aveva aggiunto, «così potrò allontanarmi dall'ufficio con voi, senza dare nell'occhio.»

Giusto, si era detta Libera, anche se il pensiero di avere tra i piedi Cagnaccio mentre davano la caccia al Gatto, pur sotto copertura, le metteva agitazione. Il capocronista aveva fiuto. Sarebbe stato difficile prenderlo per il naso.

«Quindi la Squadra Mobile sta per arrestare il Loco, bene...» fece l'uomo, accarezzandosi il mento, pensoso. Nonostante la temperatura più che autunnale, non aveva abdicato ai soliti bermuda. La stampa del Puffo Brontolone sulla maglia a mezze maniche ostentava una smorfia assolutamente speculare alla sua. «Sono felice che la polizia proceda, ma mi chiedo come mai lei ci stia spifferando la notizia, sottospecie di Julianne Moore dei miei stivali.»

Libera arrossì, ma non per il riferimento alla diva, a cui era convinta di assomigliare pochissimo. La realtà era che il *Dog*, sospettoso com'era, la conosceva fin troppo bene. Sapeva che le pesava tradire la fiducia della figlia.

«Allora, a cosa dobbiamo tanta generosità?»

«Volevo fare un piacere a Irene» avrebbe risposto lei, se la madre non l'avesse bruciata sul tempo, proclamando: «Perché in cambio ci dovrete un favore.»

«Ma bene» esalò il *Dog*, soddisfatto. *Do ut des*, questo era proprio il tipo di ragionamento che capiva. «E allora su, Libera, spari.»

Lei raccontò quello che sapeva, a partire dalla conversazione che aveva incastrato il Loco.

«*El primero fue matado...*» Cagnaccio ripeté la frase, assaporandola come una caramella. «Se questo è tutto quello che hanno contro quel Loco, temo che non resterà in carcere a lungo.»

Che cosa serviva di più? Una confessione in carta bollata? Una foto del delitto? Un testimone oculare? Libera fissò perplessa il capocronista, ma la Smilza seguiva il suo ragionamento: «Ti vedo scettico, *Dog*. Cosa non ti convince?»

L'uomo storse la bocca. Bevve un lungo sorso della spuma che aveva ordinato con un panino al salame e si contorse per sfilare dalla tasca posteriore dei bermuda uno dei fogli protocollo che gli servivano per stilare i piani di battaglia. Lo stirò sul tavolo, sopra la busta d'archivio, e impugnò una biro. «Sembra tutto facile» disse, grattandosi la pelata. «Forse troppo facile. Io metterei dei punti fermi.»

Sul tavolo cadde il silenzio mentre il *Dog* rifletteva a voce alta e, con la sua sgraziata calligrafia in stampatello, metteva in fila fatti e persone.

«Prima c'è stata la rissa. Anzi, più che una rissa una spedizione punitiva dei peruviani contro i tunisini.» Sul foglio, Cagnaccio annotò il numero 1 e lo chiuse in un circoletto. A fianco scrisse la parola RISSA e un punto interrogativo. «La domanda è: che cosa ha scatenato il raid, visto che i due gruppi si erano già divisi la zona? I magrebini controllano le vie a nord di piazzale Cuoco, i peruviani quelle a sud.»

Tra parentesi aggiunse SGARRO e DA PARTE DI CHI?.

L'agguato, disse, era scattato il 7 ottobre. *La Città* ne aveva trattato diffusamente, ma in quei giorni Libera e la madre erano a Roma per un'altra delle loro inchieste, il caso degli amanti di Brera, e non avevano letto il giornale.

«La polizia ha fermato e denunciato una decina di persone, tra tunisini e peruviani, ma il gip li ha messi fuori subito, in attesa del processo. Tra di loro c'erano anche Hamma e Alì, che però ha dovuto passare un paio di giorni in ospedale.»

Sul foglio, il capocronista annotò i nomi accanto al numero 2 e alla parola SCOMPARSI.

«E qui scatta la domanda: i due sono spariti insieme o uno dopo l'altro?» Puntò la biro verso le tre donne come se si aspettasse una risposta che, ovviamente, non arrivò. Poi, dopo una pausa a effetto, proseguì: «Alì è stato trovato nel bosco il 21 ottobre però era morto da una decina di giorni almeno, secondo il medico legale.» Vicino al nome del tunisino, scrisse 10-12 OTTOBRE seguito da una sfilza di punti di domanda per indicare il possibile intervallo temporale. «La moglie di Hamma, invece, ha denunciato la sua scomparsa la mattina del 9 ottobre.»

«I tempi, più o meno, coincidono» sussurrò Libera.

«Già.» Il testone del capocronista fece su e giù. Poi l'uomo disegnò una freccia tra i punti 1 e 2. «Ma siamo proprio sicuri che le due cose, la rissa e le sparizioni, siano collegate? O sono le scomparse a essere collegate? E, in questo caso, come? Davvero il colpevole è il Loco?» Mise da parte il foglio protocollo e pescò due cartoncini dalla busta beige. «Sono foto dell'autopsia di Alì» le avvertì. Libera le fissò con raccapriccio: la prima rappresentava l'ingrandimento di una mano destra maschile, con le nocche scorticate e il dito medio rotto. La seconda, il viso di un cadavere, gonfio per le percosse, una vistosa ferita a straziargli la carne, come una stella a puntini impressa a sangue sulla guancia.

«L'hanno massacrato.»

La voce le tremò per il disgusto e per la compassione. Il suo pensiero corse, senza che lo volesse, a Vittoria e Gabriele. Erano costretti a guardare immagini come quelle tutti i giorni. Come potevano tornare a sorridere dopo? Ci si poteva assuefare a tanta violenza?

«Queste foto aprono il giallo dell'anello» annunciò il *Dog*, riprendendo il foglio di appunti e scrivendoci sopra.

Iole, che aveva trangugiato il suo pinot in un silenzio insolito per lei, gettò uno sguardo di sfuggita agli scatti, distogliendone subito gli occhi. «Io di anelli non ne vedo.»

«Infatti non ce n'è.»

Sospirando, il *Dog* prese il cellulare, cliccò sull'icona di Facebook e cercò un nome. Nel tondo comparve il volto del ragazzotto spavaldo che era stato Alì prima che qualcuno lo ammazzasse di botte. L'immagine di copertina era quella di un minareto in disarmo, con il tetto di lamiera divelto, graffiti sulle pareti, erbaccia ovunque. Cagnaccio fece scorrere i post della pagina finché trovò quello che cercava. Nella foto, Alì sorrideva, mostrando una chiostra di denti bianchissimi tra le labbra carnose. Le sue mani erano incrociate sul petto nella V di vittoria. Al dito medio della destra splendeva, nel riverbero del sole, un anello di metallo con i brillantini, a forma di stella.

«Gli hanno rotto il dito per rubarglielo.»

Libera rabbrividì riguardando la prima foto dell'autopsia. Il capocronista indicò la seconda. «E poi gliel'hanno premuto sulla guancia, marchiandolo come un cavallo. Ma perché il Loco avrebbe dovuto perdere tempo con una sceneggiata del genere? Mi sembra piuttosto il tipo da coltello o da machete. E poi, perché non far ritrovare anche il corpo di Hamma, se hanno ammazzato tutti e due?»

Già, perché?, si chiese Libera.

«È lo stesso anello.»

L'esclamazione soffocata della Smilza li fece sobbalzare. La ragazza, che era rimasta immobile e silenziosa fino ad allora, sembrava preda di un attivismo febbrile: con gli occhi quasi spiritati rovistava nel borsone alla ricerca del cellulare. Quando lo ebbe trovato, aprì con foga la galleria delle immagini.

«Ecco» disse.

Era lo scatto di Hamma che avevano visto, incorniciato, sulla mensola della sua abitazione. Irene aveva fatto cadere apposta la borsa per distrarre il ragazzino e fotografarlo di nascosto. L'immagine era ripresa di sbieco e sgranata, il riflesso del vetro offuscava il volto della moglie del tunisino. Ma la mano destra dell'uomo appoggiata sulla sua spalla rivelava senz'ombra di dubbio la presenza di un anello di brillantini. «Scommetto che è a forma di stella» disse la giornalista.

«Puoi giurarci» convenne il suo capo. «E questo che cosa significa?»

«Che c'era un legame segreto tra i due? Che facevano parte di una setta o qualcosa del genere?»

«O addirittura che è stato quell'Hamma ad accoppare Alì» strillò Iole, facendo sobbalzare il distinto signore seduto al tavolo alle sue spalle. «Magari il marchio sulla guancia gliel'ha fatto con il suo, di anello, e ha rubato quello della vittima perché non si scoprisse il loro rapporto.»

Esagerata! Davvero sua madre guardava troppe fiction, pensò Libera, scettica. Ma il *Dog* la stupì: «È possibile. E comunque, con questo secondo anello il giallo si complica.»

«Come procediamo, allora?» chiese Irene. «Di sicuro non possiamo appostarci in via Tommei per assistere al blitz contro il Loco. La figlia della signora Cairati sospetterebbe di lei.»

Per carità! Libera rabbrividì. Se Vittoria fosse venuta a conoscenza della sua delazione, se Gabriele avesse scoperto quello che stavano tramando, sarebbero stati guai serissimi.

«Lungi da me l'idea di mettere in difficoltà le mie fonti» disse il *Dog*.

Spiegò che si sarebbe accontentato di piazzare in zona, ma a debita distanza, Angelo detto Piè Veloce, il fotografo più sveglio del giornale, per riprendere la scena con un teleobiettivo. «Poi diremo che un lettore ci ha mandato lo scatto.»

Succedeva sempre più spesso che in redazione arrivassero foto, addirittura video, ripresi da testimoni oculari che preferivano immortalare un fatto piuttosto che intervenire, magari in difesa della vittima. Per Libera si trattava di una barbarie, ma in questo caso l'attitudine della massa le faceva comodo.

«Se dobbiamo stare alla larga da casa del Loco, non possiamo neanche andare al bar da cui è partita la rissa, che è in via Ciceri Visconti, né a cercare la moglie di Hamma in via degli Etruschi» proseguì Irene, consultando la mappa di Milano sul cellulare. «È tutto in zona, rischiamo di farci scoprire.»

«E allora niente bar e niente moglie. Questo pomeriggio vi occuperete dei maneggi di quell'Alì» tagliò corto il capocronista, allungando alla sua allieva un foglietto con un indirizzo. «Bisogna scoprire che rapporti avesse con Hamma. Ma prima, tu fila in redazione a scrivere il pezzo sui due anelli. È un'esclusiva solo nostra e voglio pomparla. Poi, stanotte, farai l'articoletto sul blitz contro il Loco.»

«Sì, capo.»

La Smilza si alzò, impaziente di mettersi all'opera. Da vera cronista, amava seguire le piste, scoprire i retroscena, indagare sulla genesi dei fatti ed era allergica ai riflettori e alle conferenze stampa, con le loro verità ufficiali prefabbricate e spesso di comodo.

«Ci vediamo qui alle due» annunciò, rivolta alle sue socie.

«Però si va con la Panda» squittì Iole. «Perché ho un cd che cade a fagiolo e molta voglia di cantare.»

Allungando il passo, tanto che la figlia dovette prendere la rincorsa per starle dietro, la donna annunciò che sarebbe tornata in fretta al casello per mettersi addosso «qualcosina di hot» e andare a salutare il Prug che si trasferiva armi e bagagli a Lanzarote, «un posto da vecchi» a suo parere. «Va a fare il sovrintendente in una piantagione di aloe. È sempre stato un contadinello.»

Quindi anche l'ultimo amante di sua madre in ordine di tempo usciva di scena.

«Mi spiace» disse Libera, arrancandole alle spalle.

Iole si voltò e le fece l'occhiolino: «A me no.»

6

Succede solo nei romanzi

Quando Iole uscì dalla sua camera, dieci minuti più tardi, indossava una camicia bianca sbottonata fino allo sterno, una giacca blu con gli alamari e un paio di pantaloni a zampa d'elefante che svelavano sandali dorati con il plateau. Sembrava un incrocio tra la controfigura di Lady Oscar e una vocalist degli Abba.

«Alla fine ho optato per un look sobrio, visto che poi andiamo in missione» disse con aria di finta modestia, sbattendo i millepiedi che aveva al posto delle ciglia. «E comunque mi sono portata un paio di ballerine, in caso di necessità.»

Libera la guardò attraversare il giardino. Traballava su quei tacconi da drag queen, ma ci voleva ben altro che un paio di scarpe impegnative per far cadere sua madre.

«E qualche volta cerca di vestirti da femmina anche tu» le urlò dal cancello con aria sbarazzina.

Istintivamente, lei allungò il maglione color pervinca a coprirsi il sedere.

«Iole ha ragione, dovresti darle retta.»

La frase scanzonata di Furio la sorprese mentre era ancora sulla porta e la gelò.

Eccolo. Era arrivato il momento che Libera aspettava, con timore, da giorni; quello di affrontare il cuoco dopo che si era dichiarato con un bouquet e un messaggio eloquente: PROVIAMOCI. Lei era partita per l'Elba con il commissario senza parlargli. Aveva cercato di ritardare il più possibile un chiarimento che l'avrebbe messa con le spalle al muro. Perché, si chiedeva, non potevano restare nel limbo in cui erano adesso, un po' più che amici, un po' meno che amanti? Era così egoista, da parte sua, desiderarlo?

«Bentornata tra noi, donna del mistero» la salutò Furio quando fu a due passi da lei. Aveva attraversato il giardino senza che Idra – da sotto il portico – desse segni di agitazione: a differenza di Gabriele, il cuoco le andava a genio. «Si può sapere dove sei stata?»

Libera provò a fare la vaga. «Avevo un impegno.»

«Di cui tua madre non sapeva nulla» chiarì lui, allungandole un pacchetto avvolto in carta lilla, la sua famosa crostata al cacao. Poi fece un altro passo avanti e strinse gli occhi, per osservarla meglio: «Ti trovo cambiata, sai? Sembri perfino abbronzata. Eri via per lavoro o per altro?»

Tossendo, Libera si pettinò una ciocca di capelli dietro l'orecchio: «Per altro» ammise. Le parole le uscirono soffocate, ma andavano dette. Non era più il tempo degli indugi, né delle schermaglie. E poi c'era Gabriele. Un'onda calda le invase le guance come ogni volta che pensava a lui.

«Quindi ti sei fidanzata?»

Il cuoco si era fatto improvvisamente serio.

«Niente di così ufficiale» balbettò lei, sentendosi in colpa verso il commissario. Perché stava sminuendo il loro rapporto?

«E si può sapere il nome del fortunato?»

Libera scosse il capo, poi buttò fuori, di fretta: «Comunque mi peserebbe moltissimo che non fossimo più amici.»

«E secondo te, questa è amicizia?»

Lei inspirò profondamente. Era quasi schiacciata contro lo stipite. Se avesse chiuso gli occhi, Furio l'avrebbe baciata, ne fu certa come se al posto suo ci fosse stata sua madre, la campionessa mondiale nell'arte del flirt. Allora fece un passo indietro.

«Non ti va di dividerla con me, la tua crostata?»

«Solo se mi racconti in che guaio vi siete ficcate» rispose

l'uomo dopo un silenzio che le parve infinito. «Dall'abbigliamento di Iole direi che siete nel bel mezzo di una delle vostre inchieste.»

In cucina, mentre lei preparava il tè, Furio aprì il pacchetto con la crostata.

«Questa volta non è a forma di rosa» osservò Libera, indicando la vela della barchetta ripiena di marmellata di mirtilli. Per ogni torta che le regalava, il cuoco usava stampi diversi: diceva che esiste un linguaggio segreto dei dolci, esattamente come quello dei fiori.

«Che cosa significa questo veliero?»

Glielo chiese perché voleva saperlo, ma anche per portare il discorso su temi meno personali.

«Prima la vostra inchiesta. Sai che sono curioso.»

Respirando di sollievo per la piega che stava prendendo la conversazione, Libera gli raccontò della scomparsa di Hamma e della morte di Alì.

«Certo, quell'anello non è un segnale da poco» fece il cuoco.

Si era seduto a capotavola, nel posto che era stato di Saverio, suo marito, e che nessuno aveva più occupato dopo la sua morte. Lei si accomodò su uno sgabello lasciando una sedia vuota tra loro.

«Ma non si tratta solo dei due tunisini. C'è dell'altro, vero?»

Come al solito, Furio aveva intuito.

«In effetti, Iole e io stiamo dando la caccia a un fantasma» ammise Libera. Com'era semplice confidarsi con lui. Stringendo la tazza di tè tra le mani perché, nonostante il maglione, aveva freddo, gli raccontò di Capistrano, l'antico amore di sua madre, rientrato in Italia dopo decenni all'estero e poi fuggito e ora forse di nuovo a Milano. Grazie all'aiuto della Smilza, sperava di trovarsi finalmente faccia a faccia con lui.

«E cosa farai quando lo incontri?»

Aveva detto «quando», non «se»: tra tutte le persone che conosceva, Furio era quella che la stimava di più. Credeva in lei più di quanto non facesse lei stessa.

«Non lo so.»

«Parlagli chiaro, Libera. Almeno con lui abbi il coraggio di farlo.»

«Almeno con lui.» L'aveva detto guardandola negli occhi. Lei trasalì per l'allusione così scoperta: «Fosse facile parlare chiaro quando non sei sicura di quello che senti.» La frase che aveva appena pronunciato sorprese lei per prima. Di chi stava parlando? Del Gatto o di Furio?

Il cuoco sembrò non raccogliere: «Anch'io ero confuso» disse, «ma per me è stato liberatorio.»

Istintivamente Libera si sporse verso di lui. Era un grande ascoltatore, ma non parlava molto di sé, dei suoi viaggi in giro per il mondo, della sua infanzia trascorsa in una cascina emiliana, con la mamma, la zia e le sorelle, una tribù di sole donne. In tutti quei mesi, non le aveva mai raccontato di suo padre. Come se non esistesse.

«Gli hai parlato, e poi?»

Il cuoco sorrise amaro. Bevve il primo sorso di tè da quando si era seduto a tavola: «Non si può costringere qualcuno a volerti.»

No, non si poteva. E a volte, pensò Libera, perfino quando si vuole davvero qualcuno, si fatica a dirglielo (addirittura a dirselo), troppo preoccupati delle possibili conseguenze per accettare il proprio desiderio. Lei l'aveva fatto per anni con Gabriele.

Il sibilo di un messaggio dal cellulare di Furio interruppe la loro conversazione. L'uomo lo lesse e sorrise: «Ora devo andare.»

Sul tavolo, le tazze di tè erano ancora mezze piene. La crostata intatta.

«Perché era a forma di barca questa volta?» gli chiese di nuovo, accompagnandolo.

«Perché tu veleggi in mare aperto con le tue avventure e non si sa quando tornerai in porto. Ma io non sono Penelope.»

Dopo che la porta si fu chiusa alle sue spalle, Libera bevve un lungo sorso di tè, ormai freddo. Furio era un uomo d'azione: corteggiarla non gli aveva mai impedito di uscire con altre donne.

«È giusto» si disse, parlando a voce alta.

Meccanicamente mise le tazze nel lavello e coprì la crostata con un tovagliolo. Lo sguardo le cadde sulla copertina del libro che aveva lasciato aperto sul davanzale. Era la copia di *Persuasione* in cui da giorni cercava uno spunto per il bouquet di una cliente, una veterinaria che a cinquant'anni e dopo molte delusioni amorose andava in sposa al fidanzatino delle medie:

> Non ditemi che è troppo tardi, che questo prezioso sentimento è sparito per sempre, vi offro di nuovo il mio cuore, vi appartiene ancora di più di quando, quasi otto anni e mezzo fa, voi me lo spezzaste.

Solo nei romanzi, pensò, le persone aspettano l'amore per tutta la vita, come fanno Anne Elliot e il capitano Wentworth. E, comunque, lei amava Gabriele, non Furio.

Ma allora perché quel senso di amarezza le invadeva la bocca dello stomaco?

In anticamera, la vecchia pendola del nonno batté l'una.

Doveva affrettarsi se non voleva arrivare tardi all'appuntamento con la Smilza. Tornò in cucina, fece saltare due peperoni, preparò un'insalata con capperi, olive e maggiorana e una frittata di broccoli e sesamo che cosparse di cipollotti. Il pensiero che Vittoria avrebbe avuto di che sfamarsi al suo ritorno la fece sentire meglio. Uno sguardo veloce allo specchio dell'ingresso la convinse a salire in camera e a cambiarsi per non dover subire le frecciatine della madre: infilò un paio di jeans e un maglione scollato. Il blu elettrico del cachemire valorizzava la sua chioma naturalmente rosso mogano, come quella di Iole.

Eppure Capistrano era moro, si disse, pensando alla foto che Irene le aveva mostrato il giorno prima. Forse non era suo padre, dopo tutto.

Alle due meno un quarto, mentre già si apprestava a uscire, le arrivò un messaggio di Gabriele: «Ho in corso un'operazione e sarà cosa lunga, purtroppo. Ti chiamo appena finisco. Ti penso.» Probabile che il commissario fosse in via Tommei con Vittoria. Dopo l'arresto del Loco e dei suoi accoliti, sarebbero scattate le perquisizioni e poi gli interrogatori. Non avrebbe avuto tempo per lei, quel giorno. Con un sospiro, Libera rilesse due volte il messaggio, combattuta tra il sollievo di potersi occupare della propria indagine senza essere scoperta e la delusione di non vederlo.

«Anch'io ti penso» gli scrisse, prima di chiudersi la porta alle spalle.

Gli ostacoli alla missione del Gatto erano iniziati mezz'ora dopo la partenza dalla stazione Garibaldi quando, giunto a Buttafava, il treno si era dovuto fermare per un guasto al semaforo.

«Ho vinto la scommessa» disse allegramente la ragazza che sedeva davanti a lui, una moretta tatuata, allungando una mano verso il marcantonio con cui si accompagnava: «Mollami i miei cinque euro, baby.»

A Capistrano che la fissava stupito, la ragazza spiegò che i pendolari della linea, per sopravvivere ai continui ritardi e alle numerose cancellazioni delle corse, avevano cominciato a scommetterci sopra, «così per riderci un po'».

«E non avete mai pensato di organizzare un sit-in di protesta? Di occupare i binari?»

La moretta lo fissò a occhi spalancati, poi scrollò le spalle, infilò in borsa la banconota del marcantonio e sprofondò nella lettura delle chat del suo cellulare ridacchiando a intervalli regolari. Non sollevò gli occhi finché, cinquantatré minuti più tardi, il treno finalmente ripartì, accumulando ritardo a ogni stazione. Così fu solo verso l'una che arrivarono a Oggiono, un paese di novemila abitanti ad appena cinquanta chilometri da Milano, tra il lago di Annone e le verdi colline della Brianza.

Il Gatto si sfilò il giubbotto.

Il termometro segnava sedici gradi e il sole splendeva sui binari, sui muri del bar Vecchia stazione e sulla cassetta per il bookcrossing con la foto di Agatha Christie accanto alla palina dell'autobus. Una brezza piacevole spettinava i tigli secolari di viale Vittoria, la strada di pavé che portava dalla stazione verso il centro. Affettando l'indolenza del turista fuori stagione, il Gatto percorse il viale costeggiato da fioriere di cemento da cui sbucavano piccoli bossi. Poi prese via Marco D'Oggiono, attraversò piazza Alessandro Manzoni, con il suo obelisco ai caduti, e proseguì per via Longoni fino al municipio, facendo tappa in ogni bar sul percorso e attaccando bottone con le signore dall'aria annoiata che sapeva riconoscere a prima vista. A tutte mostrava la foto di Alì ritagliata dalla *Città* e una busta gonfia, con la scusa di doverla consegnare alla moglie del suo amico a cui era accaduta una disgrazia. Si trattava di un espediente che aveva escogitato sul treno per sciogliere la lingua ai testimoni. Non che il Gatto fosse abituato a indagini del genere – il suo credo era «vivi e lascia vivere» – ma un latitante, ogni tanto, è costretto a raccogliere informazioni sui suoi interlocutori e la strategia di fingersi un buon samaritano aveva sempre funzionato.

«Conosceva il povero Alì?» chiese, piazzando ancora una volta il giornale sul tavolino a cui era seduta una sessantenne con vistosi pendenti di turchese che sbucavano da un turbante di lana cotta in tinta. Il turbante ruotò lento, a sinistra e poi a destra in segno di diniego.

Capistrano si era fatto l'idea che la chiave del giallo si nascondesse nel legame tra Alì e Hamma, legame smentito dalla moglie del secondo che chiaramente, però, peccava di omissione. Ne sapeva qualcosa il piccolo Gianni? L'uomo avrebbe voluto chiederglielo, ma non poteva farlo senza mostrargli il giornale su cui l'omicidio di Alì era raccontato con dovizia di crudeli particolari. E allora non restava che l'indagine porta a porta, che però si stava rivelando un fallimento.

«Mai visto né sentito» era stata infatti la risposta della gran parte delle donne che l'uomo aveva agganciato. Alcune di loro, fissando la foto di Alì, si erano discretamente informate sulla sua nazionalità, un'altra aveva civettato: «Mi sembra un po' troppo giovane per il mio standard, ma non si può mai dire...», lanciando a lui un'occhiata assassina.

Ormai prossimo a un'overdose di caffeina, Capistrano si riavviò pensieroso verso la stazione, dove un paio di intervistate gli avevano segnalato la presenza di un certo numero di «quelli là, di colore». «Ma solo verso sera» avevano aggiunto.

Forse qualcuno dei suoi connazionali sapeva qualcosa in più sulle frequentazioni di Alì? L'aveva mai visto con Hamma?

Rassegnato ad attendere per scoprirlo, l'uomo si piazzò a un tavolino esterno del bar e ordinò patatine e chinotto. Per scelta non beveva mai in azione: non sarebbe stato prudente. La veranda era semivuota a quell'ora. Il Gatto si appoggiò allo schienale della sedia e chiuse gli occhi. Il rumore delle auto che sfrecciavano sulla provinciale faceva da colonna sonora alle sue riflessioni, mischiandosi al tubare dei piccioni sulle tegole del tetto e al vociare indistinto di donne che venivano verso di lui. Esiste un suono più dolce?, si chiese, accarezzandosi la pelle là dove, fino al giorno prima, faceva bella mostra di sé un paio di robusti baffoni. Giurò a se stesso di interrompere quella fase di penoso ascetismo, necessaria a mantenersi lucido, non appena fosse venuto a capo del rebus della scomparsa di Hamma. Ma subito il pensiero della soluzione più logica – e cioè che il tunisino fosse stato ammazzato, proprio come Alì – gli fece immaginare il dolore che avrebbe provato Gianni e gli gelò il sorriso sulle labbra.

In paese, il campanile della chiesa di Sant'Eufemia batté le tre e mezza del pomeriggio.

7

La lezione del *Tuca tuca*

«Che mortorio, quest'auto» esclamò Iole, fissando con cipiglio la figlia che guidava silenziosa. Sul sedile posteriore, la Smilza, a capo chino, sembrava ipnotizzata dall'iPad. Forse stava rileggendo l'articolo che aveva appena consegnato al suo capo. La Panda, intestata all'Atelier dei fiori, viaggiava senza incontrare ostacoli su una statale 36 semideserta: a quell'ora i patiti del weekend fuori porta erano ancora chiusi in qualche ristorantino a gozzovigliare. Avrebbero trovato traffico al ritorno, pensò Libera.

«Adesso ci penso io a darvi una svegliata.»

Iole estrasse da una tasca della giacca stile Lady Oscar un cd masterizzato. Lo inserì nel lettore e pigiò il pulsante. Una voce carica di maliziosa allegria riempì l'abitacolo:

Mi piaci, ah-ah!
Mi piaci, ah-ah-ah!

Agitandosi sul sedile passeggero a tempo di musica, Iole mimava un balletto che saliva dalle ginocchia ai fianchi fino alla fronte, i tacchi che danzavano sul tappetino. Libera incontrò lo sguardo di Irene nello specchietto retrovisore.

E quando ti guardo lo sai cosa voglio da te, ah ah!
E quando mi guardi lo so cosa tu vuoi da me...

«Questa canzone dovrebbe ispirarvi, ragazze» ridacchiò la donna, tra un coretto e l'altro. «Tutti i vostri drammoni sentimentali sono fuori moda da quando la grande Raffa ha fatto il *Tuca tuca* ad Alberto Sordi, quarant'anni fa.»

Quarant'anni.

Libera sospirò. Era davvero una classe di ferro quella della Carrà e di sua madre. Ne nascevano ancora di donne così, capaci di rompere tutti gli schemi con un sorriso? Di ballare il proprio desiderio senza sensi di colpa, infischiandosene dei censori e dei pregiudizi? Di sicuro, lei non apparteneva alla categoria.

«E adesso, la mia preferita» annunciò Iole, saltando alla traccia di *Tanti auguri*.

«Questa la dedico in special modo a te, che sei mia figlia anche se non sembra.»

Com'è bello far l'amore da Trieste in giù
l'importante è farlo sempre con chi hai voglia tu...

«E se ti lascia lo sai che si faaa?» gorgheggiò, spingendosi fin sotto il naso di Libera con aria birichina.

«Veramente è il Prug quello che se n'è andato, non un mio eventuale compagno.»

«Trovi un altro più bello, che problemi non haaa» concluse Iole, in falsetto, rivolta alla figlia. «Queste canzoni potrei averle scritte io, tanto sono giuste le parole. Tienine conto quando sfogli la margherita del "m'ama non m'ama" con il tuo bel poliziotto e con Furio.» Poi, girandosi verso la Smilza: «E tu, acqua cheta, sputa il rospo. Chi è che ti fa sospirare?»

Un altro sguardo furtivo passò tra Irene e Libera. Poi la giornalista parlò, calma come sempre e, come sempre, senza raccogliere la provocazione: «Io non soffro di nessun dilemma sentimentale, signora Cairati. Mi stavo solo chiedendo come farò a darvi il cambio alla trattoria degli Angeli con questa grana dell'arresto del Loco che mi è scoppiata tra le mani. Non posso rifilarla a Picchione e nemmeno lo vorrei...»

Dopo aver conosciuto il figlio di Hamma, si era appassionata al caso. Non avrebbe mandato giù facilmente che la sua scomparsa restasse senza soluzione.

«Però il sopralluogo della Fata mi fa pensare che lei e il Gatto colpiranno presto» concluse la ragazza. «E forse bisognerebbe tener d'occhio anche via degli Etruschi.»

Di scatto, Iole tolse i piedi dal cruscotto e si raddrizzò sul sedile. «Io mi piazzo dal Derrick e sorveglio la casa» stabilì seria. In un istante era tornata operativa. «Voi due, invece, vi dividete il ristorante e, se un giorno non ce la fate, chiedo manforte a un paio di amici.»

Pure! Libera rabbrividì. Ci mancava che gli attuali accompagnatori della madre venissero sguinzagliati a caccia dell'ex.

«Questa volta il Gatto non ci scapperà» giurò la donna. «E ora sbrighiamocela in fretta con il giallo dei due spacciatori, che voglio tornare a occuparmi di cose serie.»

A Irene sfuggì uno dei suoi sorrisi gentili e misteriosi. Disse che una fonte aveva controllato per lei il casellario penale di Hamma e di Alì per scoprire se i due avessero punti di contatto.

Doveva aver chiesto aiuto a Beppe, il suo compagno segreto, funzionario di polizia alla questura di Lecco, pensò Libera, mentre la madre se ne usciva con una delle sue battute: «Cadono a fagiolo, le tue fonti.»

La Smilza non raccolse. Dalla borsa estrasse il bloc-notes e lesse in fretta gli appunti. Mohamed, detto Hamma, disse, viveva a Milano da tredici anni. Era stato muratore, poi aiuto pizzaiolo. Denunciato per ubriachezza molesta e resistenza a pubblico ufficiale, era stato pizzicato un paio di volte con modeste quantità di droga in piazza Insubria.

«Insomma, un pesce piccolo, un balordo che vive di espedienti. La casa popolare in cui abita è intestata alla moglie, incensurata. A quanto pare, Hamma ha anche il vizio del gioco. Non sembra legato a nessuna organizzazione criminale seria.»

Quella di Alì, invece, era tutta un'altra storia. Quarantacinque anni, ex pugile dei pesi medi, ex buttafuori in locali notturni alla moda, all'anagrafe risultava libero professionista.

Aveva in affitto da quattro anni un appartamento a Oggiono ed era intestatario di un posto barca a Bellano e di una Maserati Ghibli, un'auto che, anche acquistata usata, costava almeno cinquantamila euro.

«Capperi» trillò Iole. «E aveva moglie, il bel tomo?»

Irene scosse il capo. Aggiunse che Alì non era mai stato in carcere, anzi, che risultava incensurato. La sera della rissa con i peruviani aveva spiegato di trovarsi in zona per riaccompagnare alla fermata del 12, il tram che porta a Roserio, una certa Chantal, cosa che la ragazza aveva confermato.

«Ma le telecamere di sicurezza hanno ripreso Alì mentre entrava nel bar di via Ciceri Visconti con Hamma e i suoi compari. E di Chantal non c'era nemmeno l'ombra.»

Negli archivi della polizia non risultavano contatti pregressi tra Alì e gli altri tunisini fermati, tutti gravitanti intorno alle case popolari del quartiere Molise-Calvairate. Così come non risultava che Hamma fosse mai stato segnalato nel lecchese, dove l'altro viveva.

«Eppure» concluse la ragazza, «un legame ci dev'essere per forza.»

Libera sospirò. Si trattava di un caso complicato, molto distante dalle cupe storie familiari che erano il campo d'azione delle Miss Marple del Giambellino. Per affrontarlo ci sarebbe voluta più lucidità di quella di cui lei si sentiva capace in quel momento, con la ricerca del Gatto per la testa e i «drammoni sentimentali» che la laceravano. Ma non c'era nessuna possibilità di convincere le altre due a desistere.

«Abbiamo raggiunto la nostra destinazione» esultò infatti Iole, pochi istanti più tardi, facendo il verso al navigatore.

L'appartamento di Alì si trovava al secondo dei quattro piani di una palazzina gialla affacciata sul parco di una villa patrizia in stato di abbandono. Nel cortile di quel condominio, invece, tutto dava l'idea della cura: il prato perfettamente rasato, gli alberi ben potati (abeti, betulle, magnolie, contò Libera), le rastrelliere per le bici lustre come se fossero nuove. Un donnino esile sui sessant'anni, con il grembiule che sbucava da un giaccone maschile, spazzava con foga un vialetto all'apparenza già pulitissimo. Studiò vigile le tre donne mentre si avvicinavano, poi le apostrofò da lontano con tono aspro: «Chi siete? Che cercate?»

Palleggiava la scopa tra le mani. Doveva trattarsi della custode e il suo sguardo diceva chiaramente che non le avrebbe accolte con una chiacchierata e un tè. Libera lanciò un'occhiata in tralice alla Smilza: quale delle sue scuse fantasiose avrebbe utilizzato per superare la guardia del cerbero?

«Abbiamo saputo che si è liberato un appartamento e siamo interessate» urlò Iole, bruciando la giornalista sul tempo. Anche da lontano, la figlia notò il sussulto della portinaia. Certo non si aspettava nulla del genere.

«Quale appartamento?» chiese.

«Quello dell'Alì. Sarà vuoto adesso, no? E a noi farebbe comodo, visto che è vicino alla stazione.»

Incredibile, pensò Libera. Sua madre aveva superato se stessa quanto a sfrontatezza. Ma una strategia così diretta avrebbe portato a qualche risultato? Ne dubitò, osservando la rapida trasfigurazione dei lineamenti della custode, che avevano virato dal sospetto all'indignazione.

«Ma che roba!» esalò la donna, facendosi un rapido segno della croce. Con l'altra mano agitò la scopa come un remo contro di loro. «*Andee* via» strillò in milanese.

«Che succede, Erminia?»

Una donna era sbucata dal portico alla sua destra. La sua corporatura era solida e imponente come un armadio a tre ante insalsicciato in un trench modello Humphrey Bogart. In mano portava un ombrellone. Ai piedi, sopra gli stivali, galosce nere fin troppo prudenti visto il sole di quel pomeriggio.

«Chi sono queste qua? Venditrici porta a porta? Truffatrici? Chiamo la polizia?»

Quasi rattrappita per la reverenza che la donna visibilmente le incuteva, l'Erminia belò: «Sono qui per il suo appartamento, signora Colombo Fumagalli. Hanno saputo della morte dell'Alì.»

Quindi l'armadio umano era la padrona di casa del morto. Che incredibile colpo di fortuna aveva propiziato Iole con la sua faccia di bronzo, si disse Libera, mentre la custode proseguiva la filippica contro di loro, chiamandole ora «insensibili» ora «sciacalle».

«Ma che piacere!» la interruppe la Colombo Fumagalli, marciando verso il cancello con la mano tesa, dopo aver scansato la custode con un potente colpo d'anca. Forse aveva temuto di faticare a riaffittarlo, l'appartamento di Alì, e vedeva in loro quello che affermavano di essere: una possibile fonte di reddito.

«Purtroppo la casa ha ancora i sigilli, ma appena me la liberano vi chiamo perché è proprio un bijoux» disse, baciandosi la punta delle dita. «Tre camere, due bagni, il locale lavanderia, il camino, il garage vuoto. Il bolide dell'Alì è stato sequestrato pure quello.»

«Un vero affare» concordò l'Erminia, sopravvenuta alle sue spalle.

«E quanto costa al mese questa meraviglia?»

La Colombo Fumagalli sparò la cifra. Ragguardevole, pensò Libera, mentre sua madre buttava lì, con tono indifferente: «Però Alì pagava puntuale.»

«Come un orologio svizzero.»

Poi la donna si lanciò in un'appassionata descrizione dei meriti dell'ex inquilino: «Posso testimoniarlo, perché abito nell'appartamento di fianco e ho le orecchie buone. Non ho mai sentito casino, mai visto brutte facce. Soprattutto mai e poi mai stranieri.» Scandì quest'ultima frase ad alta voce. «Ma anche italiani pochi, al massimo un paio. A parte le ragazze, voglio dire», e qui fece il sorrisetto indulgente che si riserva ai playboy. L'Alì era un gran bel tipo, disse, ma le fidanzate non gli duravano mai più di due o tre mesi. «Diceva che ne cercava una seria da sposare.»

«Eh, proprio seria la voleva!» commentò scettica la custode, mentre Libera rifilava un calcione alla madre perché non interrompesse, con qualche rivendicazione femminista, la sognante elegia della Colombo Fumagalli.

«E poi era molto impegnato con il suo lavoro, sa? Era l'uomo di fiducia di un pezzo grosso di Lecco. Ho visto più volte il suo bolide parcheggiato fuori dal villone di questo qui, quando andavo dal fisiatra che sta proprio lì a fianco.»

«Il dottor Marchetti di via Bovara?» improvvisò Irene, dando l'indirizzo della biblioteca comunale di Lecco. «Ci va anche mia madre.»

Chissà se la Colombo Fumagalli ci sarebbe cascata, pensò Libera, che aveva intuito il trucchetto della sua socia.

«No, il fisiatra sta in via Malpensata» fece lei, abboccando all'amo come un agone ai primi caldi estivi.

Così adesso avevano anche una vaga idea della zona frequentata da Alì. Ma chi era il pezzo grosso di cui aveva parlato alla padrona di casa? Che lavoro svolgeva per lui? E aveva qualcosa a che fare con Hamma?

Irene lanciò a Libera un'occhiata d'intesa. Poi afferrò il cellulare, aprì la galleria delle immagini e la fece scorrere fino a ritrovare la foto del padre di Gianni: «E questo ragazzo qua, l'ha mai visto con Alì?»

La donna inforcò gli occhiali. «Mai» giurò, con la mano appoggiata sul cuore. Aveva arricciato la bocca sottile in una smorfia sprezzante. «L'Alì era un tipo brillante. Non si sarebbe mai mischiato con un poveraccio come questo.»

«Sarà» commentò, dubbiosa, la custode.

Iole tossì. «E si sa quando verranno tolti i sigilli?» Si era perfettamente calata nei panni della possibile acquirente.

La Colombo Fumagalli allargò le braccia. «Pensi che li ho trovati staccati, stamattina. Dev'essere la maledetta umidità, perché la porta era chiusa bene a chiave. Comunque, spero che l'appartamento verrà presto libero.»

Quando le tre donne salutarono lei e la portinaia erano quasi le tre e mezza del pomeriggio.

Che cosa stava accadendo a Milano? Il boss peruviano era già in gattabuia?

Con una scusa, Libera scrisse alla figlia, che non le rispose, mentre il fotografo del giornale si limitò a inviare alla Smilza un messaggio stringato: «Stanno ancora dentro.» L'operazione Loco andava per le lunghe.

«Io mi fermo in stazione» annunciò Irene a sorpresa. «Faccio un salto a Lecco a parlare con la mia fonte e stasera torno a Milano in treno.» A Libera fu chiaro che la ragazza voleva ritagliarsi qualche ora assieme al compagno, in quella domenica di lavoro. Ma l'accenno alla misteriosa fonte non suscitò in Iole il temuto uragano di frecciatine.

«Non ci posso credere!» stava infatti dicendo la donna, mentre accelerava il passo.

Il suo sguardo era rivolto verso il fondo del viale di tigli. Da lontano piovvero i rintocchi di un campanile.

«Non ci posso proprio credere!» ripeté.

Oscillando sui tacchi dorati, i pantaloni a zampa che schiaffeggiavano l'aria, Iole si diresse a grandi falcate verso il tavolino esterno di un bar a cui era seduta una figura alta e sottile.

Dove andava, ora, quella pazza?

Chi era mai l'uomo che stava tampinando?

«Ti trovo in gran forma, Diego» squittì lei, quando l'ebbe raggiunto.

8

I Have a Dream

Libera restò impalata sul marciapiede, con la sensazione di guardare dall'esterno, e al rallentatore, la scena di un film. Vedeva Iole gesticolare. La sua bocca e quella del suo interlocutore si muovevano, ma lei non riusciva a sentire le parole che pronunciavano. Fu la Smilza, con un colpetto sulle reni, a riportarla al presente e a spingerla gentilmente verso il tavolino a cui, forse, era seduto suo padre.

«È una vita che non ci si vede» ciarlava intanto sua madre, mentre le presentava: «Questa è mia figlia Libera e quella la nostra amica Irene.»

Poi si lasciò cadere accanto a Capistrano e batté la mano sul tavolo per far posto alle altre due. L'uomo si trovò circondato.

Aveva rivolto solo un rapido sguardo a lei e alla Smilza. Non riusciva a staccare gli occhi da sua madre che continuava a chiacchierare, in un tintinnio di orecchini e bracciali, gli occhi che le brillavano, mentre ordinava, per tutte, due tè, un vinello e una polenta con i funghi. «Tu vuoi un altro chinotto?» gli chiese. «Niente più rhum, vedo. Ti sei convertito al salutismo?»

Lui la fissava come chi avesse visto riapparire un fantasma, ma un fantasma piacevole a giudicare dal sorriso che, all'improvviso, gli rischiarò il volto fino a poco prima imperturbabile.

«Non sei cambiata, Iole.»

Lei gli strizzò l'occhio: «Puoi ben dirlo, baby!»

Allora il Gatto scoppiò in una risata sonora che veniva dal ventre, la testa piegata all'indietro, una splendida chiostra di denti ancora bianchi in mostra.

Aveva fascino, pensò Libera, osservando i solchi che le rughe d'espressione avevano scavato nel suo viso allungato e ai lati degli occhi dal taglio obliquo, ombreggiati da ciglia quasi femminili.

Come le mie, sussultò.

Il Gatto ricambiò lo sguardo. «Tua figlia è bella come te, anche se non ti assomiglia affatto.»

«Forse assomiglia al padre» rispose lei.

Libera quasi si strozzò, buttando giù un sorso di tè bollente di cui non sentì il sapore. Era come anestetizzata. In cerca di aiuto, fissò Irene. Si chiedeva febbrilmente come avrebbero fatto a non lasciarsi sfuggire Capistrano, ora che il caso gliel'aveva apparecchiato davanti, dopo tante inutili ricerche. Ma era stato veramente il caso? E Iole avrebbe perseguito il suo progetto di rubare il dna all'ex amante per farlo analizzare, magari appropriandosi della bottiglietta da cui l'uomo beveva a canna?

A Libera questo piano non piaceva. Non le interessava semplicemente scoprire il nome del padre. Voleva conoscerlo, capire che tipo di persona fosse e se lei ne avesse ereditato almeno in parte il carattere. Di sicuro, a prima vista, Capistrano sembrava un uomo pacato e riflessivo, esattamente come lei, ma ci voleva poco ad apparire riservati davanti alla scoppiettante vitalità di sua madre. E poi, quelle occhiate guardinghe che ogni tanto gli sfuggivano non le appartenevano per niente. Nessuna sofferenza, nessun tradimento erano mai riusciti a scalfire la sua indole fiduciosa.

Il Gatto bevve l'ultimo sorso di chinotto e appoggiò la bottiglia vuota proprio davanti a Iole. «Che cosa ci fate qui a Oggiono?» chiese, con fare salottiero.

Era arrivato il momento. Come avrebbe risposto sua madre? Libera trattenne il fiato.

«Siamo qui per una delle nostre indagini» spiattellò lei.

Alla parola «indagini» il Gatto sobbalzò e si irrigidì sulla sedia, squadrando la sua interlocutrice dall'alto degli alamari della giacca al basso dei tacconi dorati. «Sei uno sbirro sotto copertura?» chiese ironico. Istintivamente, però, fece il gesto di alzarsi.

«Ma ti pare!» Iole scoppiò a ridere. Un raggio di sole trafisse la chincaglieria che aveva al polso. «Ma ti pare, Sendic?»

L'aveva chiamato con il nomignolo dei loro anni di lotte studentesche. «Già devo sopportare di avere una nipote poliziotta, per quanto sia una bravissima ragazza, ma questo è tutto. Come sai, io e le divise non siamo mai andate d'accordo.»

Sotto lo sguardo interrogativo dell'uomo, Iole frugò nella borsa, ne estrasse in rapida successione il cellulare, un'agendona, un foulard a fiori, una canottiera di pizzo rosa, un paio di scaldamuscoli e infine una specie di libretto. «Ecco» disse tendendoglielo. «Ne ho fatta fare qualche copia per mostrarla ai nostri clienti al momento dell'ingaggio.»

Ai nostri clienti?, trasecolò Libera. In che senso «nostri»?

«Dico "nostri" perché mia figlia è il mio braccio destro, anche se, per professione, fa la fioraia. Leggi, su.»

Capistrano prese il libretto, verso cui istintivamente allungarono il collo anche Libera e Irene. Si trattava di una vera e propria brochure pubblicitaria: Iole aveva selezionato gli articoli più lusinghieri pubblicati dalla *Città* sulle Miss Marple del Giambellino. «Come vedi la "Premiata Agenzia Fiori e Delitti" ha portato a casa più di un risultato. So che tu non leggi la stampa di regime, ma questo giornalaccio, per cui lavora la nostra amica Irene, non è affatto male.»

Ah, se Cagnaccio avesse potuto sentirla, pensò Libera, scambiando uno sguardo veloce con la Smilza. Ma probabilmente Iole sapeva bene quali tasti pigiare perché il suo interlocutore confermò: «In effetti», dopo aver lanciato uno sguardo perplesso alla giornalista.

Mentre sua madre continuava a chiacchierare, raccontando al Gatto le loro ultime imprese – dal ritrovamento di una professoressa scomparsa alla riapertura di un *cold case*, ma senza menzionare la caccia ai rapinatori mascherati – Libera, silenziosa, studiava gli altri occupanti del tavolo.

Capistrano ascoltava paziente, con un solco profondo sulla fronte che segnalava dubbio o diffidenza. Irene non gli staccava gli occhi di dosso. Stava cercando di leggergli nel pensiero o si chiedeva, esattamente come lei, che cosa ci facesse il Gatto in quella stazioncina a cinquanta chilometri da Milano? Era ben strano trovare un ex condomino di Hamma a due passi dalla casa dell'Alì.

Poteva essere lui il legame tra i due tunisini? Secondo il ritratto che ne aveva fatto Iole, Capistrano era stato un sovversivo, un idealista politicizzato, poco incline alle regole e a farsi irregimentare, assolutamente contrario a ogni tipo di dipendenza emotiva o fisica. Un uomo così, un giustiziere, si sarebbe messo in affari con due spacciatori, tra l'altro molto più giovani? E allora che ci faceva lì, il Gatto? Possibile che seguisse la loro stessa pista? E, nel caso, per conto di chi?

Sventolando tra le mani la brochure, l'uomo lasciò che Iole concludesse il suo discorso, poi con calma domandò: «E chi è il vostro cliente, questa volta?»

«Ma Irene, ovvio» fece lei, indicando la ragazza. «In ricordo dei vecchi tempi solidali, qualche volta io e mia figlia lavoriamo *pro bono* e, visto che a nessuno sembra fregare nulla degli extracomunitari, ci pensiamo noi a dare un'imbeccata ai giornalisti. Ma solo a quelli che rigano dritto, come lei. E qui, di extracomunitari inguaiati, ne abbiamo addirittura due.»

Libera sussultò per l'audacia di sua madre. Nonostante il tono garrulo, anche lei doveva aver dubitato che Capistrano fosse lì per caso e ora gli gettava un'esca, cercando di stanarlo.

«In effetti sono state proprio le signore Cairati a insistere perché ci occupassimo del caso di un certo Mohamed Mahmoud Cherif, scomparso a Milano, e di Ala ad-Din Salah Samir, che abitava qui vicino» confermò la Smilza, reggendole il gioco. «E qualcosina l'abbiamo scoperto.»

«Davvero?» Il Gatto si mise comodo. Ordinò un altro chinotto e altre patatine. Non sembrava avere più tutta quella fretta di andarsene.

«Davvero» rispose la giornalista e iniziò tranquillamente a parlargli del blitz della polizia in via Tommei. «È un'operazione che ha a che fare con la scomparsa di entrambi i tunisini.»

Perché lo stava mettendo al corrente?, si chiese Libera, sorpresa.

Non certo per farsi bella con un'esclusiva. Non era da Irene, la ragazza più modesta e riservata che conoscesse. Lo stava sondando allora? Cercava di conquistare la sua fiducia? Certo, non gli aveva raccontato nulla che l'uomo non potesse scoprire quella sera stessa dal Tg3 regionale o l'indomani dai quotidiani, sempre che li leggesse.

Sotto il tavolo, la mano della giornalista le sfiorò il ginocchio, come a rassicurarla.

La ragazza era passata a raccontare il loro incontro con la Colombo Fumagalli, ma aveva omesso di svelare l'indirizzo del supposto principale di Alì, cosa che a Libera non sfuggì. Del tizio con la villona in via Malpensata voleva parlare prima alla sua fonte.

«Adesso chiedo al mio collega che è sul posto come stia andando dal Loco» aggiunse, scrivendo un messaggio.

La ruga di diffidenza sulla fronte di Capistrano si stava spianando. Eppure, fino a quel momento, l'uomo non aveva raccontato nulla di sé. A sua madre, che gli chiedeva un recapito, aveva risposto di essere appena rientrato dall'estero e in cerca di una sistemazione. Non aveva neanche un cellulare. «Non mi piace essere controllato e i numeri che mi servono li ricordo tutti a memoria.»

«Sei il solito, Sendic» ridacchiò Iole, allargando le braccia. «Ma con me ti va di lusso. Se alla mia età dovessi cominciare a controllare qualcuno, ne sceglierei uno più giovane.»

«Anche tu, per fortuna, sei sempre la solita.»

Con un cenno della mano, il Gatto chiamò la cameriera e chiese il conto. La donna entrò nel locale per portargli il resto, mentre lui afferrava il piccolo zaino che teneva a terra, tra le gambe.

Se ne stava andando, pensò Libera. Per l'emozione, lei non era riuscita a scambiarci neanche una parola e ora non l'avrebbe più rivisto se non, forse, in costume da Gatto con gli Stivali davanti alla trattoria degli Angeli. E non poteva certo comunicargli di essere sua figlia in una situazione del genere.

«Tombola!» esclamò Irene, fissando il cellulare. «Notizie dalla redazione: hanno trovato una camicia sporca del sangue di Alì a casa del Loco. Inoltre qualcuno ha messo a soqquadro l'appartamento di Hamma e sembra che suo figlio sia sparito.»

La notizia esplose sul tavolo come una bomba a mano.

Iole scattò in piedi, facendo cadere le ciotole degli stuzzichini. Olive, taralli e patatine rotolarono sulla tovaglia di plastica a fiori. «Presto, alla macchina» ordinò come se fosse davvero lei il capo della spedizione.

«Vengo con voi» fece il Gatto. «Forse so dov'è il ragazzino.»

Mentre l'auto correva verso Milano, Capistrano rifletteva su quanto fosse stato anomalo e imprudente il suo comportamento. In altri momenti della sua vita se la sarebbe svignata al solo apparire di Iole. Adesso, invece, non solo era rimasto a chiacchierare per più di un'ora con una donna che non vedeva da oltre cinquant'anni e di cui non sapeva assolutamente nulla, ma si era anche – e per sua scelta – imbarcato in un'avventura con lei e altre due sconosciute.

Dietro le lenti a specchio degli occhiali da sole, studiò furtivo la ragazza mora e silenziosa che sedeva al suo fianco. Scriveva veloce sull'iPad. Era una giornalista, quell'Irene, eppure, nonostante la diffidenza fosse una qualità tipica della sua categoria, sembrava essersi accontentata della sua sincera ma vaga spiegazione sui rapporti con il Gianni: «È figlio dei miei vicini di casa, gli sono affezionato e sono tornato dall'estero per tenerlo d'occhio, ora che il padre è scomparso.»

«E lo tieni d'occhio da cinquanta chilometri di distanza?» avrebbe chiesto lui se fosse stato al posto della ragazza. Ma lei non aveva fiatato e questo aveva contribuito ad alimentare i dubbi dell'uomo: è risaputo, infatti, che i giornalisti non si accontentano mai delle risposte poco circostanziate e, per di più, non vanno in giro a spifferare le proprie notizie, come aveva fatto quell'Irene, se non per averne un tornaconto. E non gli aveva neanche chiesto perché si trovasse a Oggiono. Tutto questo era molto sospetto. Eppure, a pelle, la ragazza gli piaceva e non nel modo in cui di solito le donne piacevano a lui, vecchio gaudente. C'era qualcosa di misterioso e di tenero in lei che ispirava fiducia. Ma il suo sguardo sembrava leggerti dentro e al Gatto non piaceva sentirsi scoperto.

«Metti il turbo, Libera» fece in quel momento Iole, dal sedile davanti, sfiorando il braccio della figlia con un tocco che sembrava una carezza.

Anche quella Libera era un tipo curioso, pensò l'uomo. Non aveva aperto bocca da quando si erano incontrati e sembrava la meno attiva delle tre, ma il suo sguardo era intelligente e profondo. Sarebbe stato stupido sottovalutarla.

Si accorse che stava ragionando come se considerasse lei e le sue socie possibili nemiche di cui valutare la pericolosità. Dall'istante in cui Iole l'aveva abbordato al bar, non aveva smesso di chiedersi come mai se le fosse ritrovate tra i piedi a seguire la sua stessa pista. Non è che le Miss Marple del Giambellino in realtà avessero altro per la mente che la scomparsa di Hamma?

«Adesso chiamo il capo al giornale» annunciò a un certo punto la moretta. Con un dito appoggiato alle labbra gli fece cenno di restare in silenzio. Poi schiacciò un tasto della rubrica e mise il cellulare in vivavoce, un gesto che indicava fiducia nei suoi confronti, pensò il Gatto. O forse ingenuità. O forse estrema furbizia. Ma ci voleva ben altro per far abbassare le difese a un tipo prudente come lui.

«Allora dove siete, lavative?» tuonò al telefono la voce catarrosa di un uomo non più giovane. Sullo sfondo risuonavano rumori indistinti: squilli di cellulari e fruscii di radio accese che facevano pensare alla redazione di un giornale.

«Siamo quasi arrivate a Monza. Dicci tutto, *Dog*.»

Il capocronista spiegò che il Loco si trovava ancora in questura dove lo stavano interrogando. Giurava di non avere nulla a che fare con la morte di Alì. Ammetteva solo di averlo picchiato, nel corso della famosa rissa al bar, perché faceva il cascamorto con la sua bella. Si era tenuto la camicia insanguinata come trofeo.

«Mi sembra un po' debole come versione» strillò Iole dal sedile anteriore perché l'uomo la sentisse.

«Stia zitta lei. Non mi smosci il giallo» la rimbrottò il capocronista, con lo stesso tono di voce. «Per *La Città* una storia passionale è molto meglio di una faida tra spacciatori.»

Era proprio un giornalista, pensò il Gatto, storcendo le labbra per il disgusto, mentre la morettina domandava: «E dell'irruzione in casa di Hamma, che cosa ha detto il Loco?»

«Queste testuali parole, riportate dal suo avvocato: "Chi lo conosce 'sto Mohamed? Per me i tunisini sono tutti uguali."»

Solo facendo uno sforzo sovrano, il Gatto riuscì a tenere la bocca chiusa.

A quanto pareva anche Alma, la moglie di Hamma, si trovava in quel momento in questura per sporgere denuncia per effrazione. Aveva trovato il suo appartamento a soqquadro alle tre del pomeriggio, di ritorno dal turno domenicale nella casa in cui faceva la badante. Nessuno dei vicini aveva sentito nulla, perché uno era in carcere e l'altra in servizio in ospedale. E da casa non era sparito nulla, visto che c'era ben poco da rubare.

«E al figlio di Hamma che cos'è successo?»

Quella giornalista sembrava proprio leggergli nel pensiero.

«È scappato. Ha lasciato un messaggio per la mamma sul tavolo: IO DAI NONNI NON CI VADO FINCHÉ NON TORNA PAPÀ.»

Il Gatto sospirò di sollievo. Quindi Alma si era spaventata davvero quando lui, durante il loro colloquio, le aveva mostrato la foto del tarchiato che pedinava Gianni e aveva deciso di spedire il figlio in fretta e furia in Abruzzo dai genitori, senza fare i conti, però, con la testardaggine del ragazzino. Bisognava ritrovarlo subito e cercargli un rifugio sicuro. Ma dove, se neanche lui ne aveva uno per sé?

Pensieroso, si girò verso la moretta. Nello specchietto retrovisore incontrò lo sguardo della figlia di Iole. Poteva fidarsi di quelle tre, almeno per quel tanto che bastava a farsi dare una mano con il suo protetto?

«Credo che Gianni mi abbia lasciato un messaggio» disse, quando la giornalista ebbe messo giù con il suo capo. «Abbiamo una specie di cassetta della posta per comunicazioni urgenti. Ma io non posso farmi vedere in zona.»

Soprattutto in quel momento, con la polizia in giro, aggiunse mentalmente tra sé e sé.

«E allora starai acquattato in macchina» fece Iole, l'unica delle tre che gli desse del tu, com'era ovvio visti i loro trascorsi. «E l'eventuale biglietto lo recuperiamo noi.»

«Senza leggerlo?»

«Senza leggerlo» promise la giornalista. «A parlare con il ragazzo andrà lei da solo, se preferisce così. Noi invece passeremo dal bar della rissa, come ci ha chiesto il *Dog*. Poi, purtroppo, io dovrò lasciarvi e tornare in redazione.»

Molto generosa tutta quella collaborazione da parte loro, pensò il Gatto. Forse addirittura troppo generosa.

Fu quello il momento in cui la figlia di Iole gli rivolse la parola per la prima volta: «Ma Gianni dove passerà la notte? Non può certo tornare nel suo appartamento. Non è detto che siano ladri quelli che ci hanno fatto irruzione.»

Anche lui l'aveva pensato. Per un istante aveva temuto addirittura che il ragazzino potesse essere stato rapito.

«E se venisse a stare da noi?» saltò su Iole.

Per carità! Il Gatto scrollò il capo. Non avrebbe mai potuto accompagnare il suo protetto, né andarlo a trovare, nella casa in cui abitava uno sbirro, e la nipote della sua vecchia fiamma lo era.

«Forse abbiamo un posto» suggerì allora Libera, lanciando una chiamata che durò pochi istanti. Capistrano tese l'orecchio per capire con chi stesse parlando: una donna, dal tono di voce molto spiccio.

«Nel caso, il ragazzo arriva stasera» le disse Libera prima di chiudere la comunicazione. «E sì, forse dovremo convincere anche la madre ad accompagnarlo.»

Si trattava, gli spiegarono, della Franca, l'amica del cuore di Iole, una coetanea sua e del Gatto che lui aveva incontrato solo in un paio di occasioni perché non faceva parte dei loro giri di contestatori. Fin dagli anni dell'università, Franca si era distinta per la frequentazione di soli maschi danarosi a fini matrimoniali. Capistrano non aveva mai avuto simpatia per donne del genere (né loro, ovviamente, ne avevano per lui), ma in quel caso bisognava fare di necessità virtù: la sicurezza di Gianni, se il tarchiato era ancora a piede libero, veniva prima di tutto. «E vada per la Tagliabue» concesse.

«Ora si chiama Crivelli, ed è contessa» ribatté Iole invipe-rita. «E comunque io non ne conosco molte di persone che si prenderebbero in casa, senza battere ciglio, un minorenne inseguito da una banda di assassini.»

Aveva ragione, pensò il Gatto. E quanto si scaldava! Iole era sempre stata leale con gli amici e questo era proprio uno dei motivi per cui gli era piaciuta tanto, una vita prima.

Uno dei motivi, ma non il più importante. Gli sfuggì un sorriso.

«E adesso basta con i musi lunghi. Balliamo.» La donna inserì un cd nel lettore e la colonna sonora di *Mamma Mia!* si diffuse nell'abitacolo:

Honey honey, how you thrill me, a-ha, honey honey...

Il Gatto sbuffò. Aveva visto quel film due anni dopo l'uscita e solo perché la sua compagna del momento nutriva una sviscerata passione per gli Abba. La storia gli era sembrata piuttosto melensa.

«Questa è proprio in tema» trillò Iole, canticchiando a gola spiegata con Amanda Seyfried:

I have a dream, a song to sing...

Com'era possibile che a Iole piacesse un polpettone del genere, la storia di una ragazza che dava la caccia al padre sconosciuto? Forse si identificava con Meryl Streep, la mamma single dai trascorsi hippie del film? A parte i pantaloni a zampa di elefante, però, non gli sembrava che ci fossero altre similitudini tra di loro. Quando mai Iole si era fatta tutte quelle menate sentimentali?

«Sogni anche tu di sposarti in una chiesetta in Grecia?» le chiese, con tono sarcastico.

«Piuttosto la morte. E ora buttati giù, Sendic, che siamo quasi arrivati in piazza Insubria.»

Con il Gatto costretto a stare raggomitolato sul sedile, fu la giornalista a scendere dalla Panda per andare a frugare nello scheletro del vecchio televisore dove, in effetti, trovò un bigliettino di Gianni

Il messaggio diceva: SARÒ OGNI SERA ALLE OTTO AL SOLITO POSTO. TI ASPETTO. Il Gatto lo lesse a voce alta, omettendo l'orario. Voleva tenersi un vantaggio su quelle tre.

«E dov'è 'sto posto?»

«Non posso dirlo.»

Levando gli occhi al cielo, a simulare rassegnazione, Iole aprì la portiera e saltò giù, portandosi la mano alla fronte come un'esploratrice in una landa sconosciuta. «Ma qui intorno è il deserto» esclamò. «C'è stata una catastrofe nucleare?»

«Dev'essere colpa del blitz» rispose la figlia.

Il Gatto si srotolò dalla scomoda posizione in cui si trovava e, con la testa sempre abbassata, guardò fuori dal finestrino: quella Libera aveva ragione, non gli era mai capitato di vedere la piazza così vuota. Forse era un'occasione di cui approfittare, non tanto per parlare con Alma e farle finalmente sputare il rospo su ciò che nascondeva – prima voleva vedere Gianni e comunque lei stava ancora in questura – ma per capire qualcosa in più sulla scomparsa di Hamma.

«Potrei accompagnarvi al bar della rissa, intanto che aspetto l'ora dell'appuntamento» propose.

Notò distintamente lo sguardo che passò tra Libera e la

giornalista. Erano molto affiatate e complici, quelle due. Forse anche pericolose.

«Certo» fece la moretta a nome delle altre. «Comunque ci piazzeremo nell'angolo vicino al bagno, così lei sarà meno visibile dalla strada.»

Un sospetto attraversò fulmineo il cervello del Gatto. Come facevano quelle tre, che vivevano e lavoravano dalle parti di piazza Napoli, a conoscere così bene un bar all'altro capo della città? C'erano già state insieme? E per quale indagine?

«Lì di fianco lavora la nostra amica fioraia» concluse la giornalista, come se gli avesse letto nel pensiero.

Mentre la macchina faceva il giro della piazza per andare a parcheggiare di fronte al locale, il Gatto rifletteva. Valeva la pena di averle come alleate, quelle Miss Marple del Giambellino, si disse. Per farlo, però, bisognava mollar loro un osso, qualcosa di cui lui non sapeva che farsene ma che le tre avrebbero avuto gli strumenti per gestire, grazie ai loro informatori al giornale o tra gli sbirri. Così si sarebbero sentite in obbligo verso di lui. Istintivamente gettò un'occhiata alla sua vecchia casa. Anche via degli Etruschi era deserta.

«C'era un uomo che seguiva Gianni nei giorni scorsi» le informò. «Forse è lui che ha messo a soqquadro l'appartamento.»

Dal telefono della moretta chiamarono Eros e si fecero inviare le foto che ritraevano il tarchiato. «Molto interessante» sussurrò la ragazza, ingrandendo le immagini per osservarle meglio. Poi le inoltrò a uno dei suoi contatti. «Se siamo fortunati è un pregiudicato» disse, prima di scendere dall'auto e dirigersi, con gli altri tre alle calcagna, verso via Ciceri Visconti e il bar tabacchi Zabaione.

9

Il giallo della pianta di sanseveria

«Che bel nome!» fece garrula Iole, entrando nel locale deserto, rivolta al quarantenne in grembiule che stazionava dietro il bancone, la pelata china su un cruciverba della *Settimana Enigmistica*. «Io ho sempre a-do-ra-to lo zabaione. Peccato che mia figlia non me lo prepari mai.»

Libera sospirò, prendendo posto al tavolo d'angolo del locale, accanto a una porticina con la targhetta RITIRATA. Nel legno dipinto d'azzurro, due rientranze indicavano che era stata presa a pugni di recente.

«Comunque anch'io lo zabaione non glielo fo, perché Zabaione è il mio cognome» puntualizzò il barista, con tutte le C aspirate da toscano. «Ma voi chiamatemi pure Giocondo, se vi va. I miei genitori avevano il senso dell'umorismo.»

Anche lui doveva averne parecchio e infatti ironizzò sul deserto di quel pomeriggio: «La Madama me doveva avverti' della retata e io tenevo chiuso.» Di lì a poco, aggiunse, se ne sarebbe andato a casa anche lui, anzi in gattabuia, come quegli altri arrestati, visto il carattere grifagno della sua signora.

Con fare compiacente, Iole ridacchiò alla battuta, ma Libera sapeva che l'avrebbe strozzato volentieri. Sua madre detestava i «vittimoni» che si lamentano del coniuge dopo averlo scelto.

«Forse lei no, ma in gattabuia ci finirà di sicuro il Loco» sparò Irene per incuriosirlo: «Lo hanno arrestato per l'omicidio di un certo Alì, dopo la rissa nel suo bar.»

«Ma che mi dice!»

Giocondo batté le mani, afferrò una sedia dal tavolo vicino, la trascinò per lo schienale e si lasciò cadere accanto alla Smilza, completamente dimentico delle comande. «Io gliel'avevo pur detto a quello lì di stare all'occhio alla ganza del Loco.»

Risultò che la suddetta ganza, all'anagrafe Facunda Ribeira, ventisettenne ex Miss Carabobo, lavorava nel suo bar da quando, un annetto prima, era arrivata in Italia in compagnia della sorella maggiore Mariangel, a sua volta ex Miss ma di un altro stato del Venezuela.

«In realtà, più che lavorare, la J.Lo qui sfilava» precisò Zabaione, specificando, con un gesto morbido delle mani nell'aria, che il soprannome dell'inserviente non era dovuto alle sue doti canore. «Però si facevano affari, con lei in giro. I maschi pullulavano e se ne stavano pure buonini perché sapevano tutti con chi stava. Finché un giorno t'arriva lo sborone.»

Alì era entrato nel locale fradicio come un pulcino per ripararsi dal monsone che infuriava fuori. Con lui c'era un gruppetto di brutti ceffi del quartiere che lo trattavano con reverenza. Si erano seduti a confabulare proprio a quel tavolo lì, accanto al bagno, scambiandosi pacchetti che al barista non erano piaciuti. «Lui non lo so, ma gli altri son spacciatori.»

Da micragnosi quali erano, aggiunse, i tunisini avevano ordinato solo caffè e birre. Si vede che volevano levare le tende presto. Poi, dal retrobottega era apparsa lei, la Facunda, con il suo bel vassoio di plastica e il grembiulino teso sull'ottava meraviglia del mondo.

«Ohè, allo sbruffone s'è seccata la lingua in gola» fece il barista. «Da allora, non c'è stato più verso di levarselo di torno. Ogni martedì che Dio mandasse sulla Terra, piazzava la sua astronave sul marciapiede, dava appuntamento qui ai compari e poi si fermava a fare il cascamorto con la J.Lo fino alla chiusura. Le aveva perfino regalato un anellino.»

«Un anellino?» chiese Libera affettando indifferenza. C'erano un po' troppi anelli in quella storia.

«Un anellino come quello che portava lui, con i brillantini

messi a stella. Ma d'oro però, perché alla J.Lo non piace la bigiotteria.»

«E lei l'ha preso?»

«Sì, ma l'ha regalato alla sorella. Mica era scema a metterlo davanti al Loco.»

Qualcuno, però, doveva aver fatto la spia, perché quel famoso martedì 7 ottobre, quando Alì si era seduto al tavolo con i suoi sgherri ed erano cominciati i loro scambi di pacchetti, nel locale erano entrati Carlos, il guardaspalle del Loco, poi il Loco medesimo e altri due o tre bulletti della cricca. Appena era comparso un coltello, Zabaione era corso nel retrobottega a chiamare i carabinieri e poi si era eclissato dalla porta sul retro assieme a Facunda. Aveva fatto in tempo a vedere Alì rifugiarsi nel bagno.

«E meno male che si vantava di essere stato un pugile, la mammoletta. Ma a quanto pare, poi, si è ripreso e ha restituito al Loco pan per focaccia.»

I carabinieri erano arrivati che i due gruppi se le stavano ancora dando di santa ragione. Avevano fermato in tutto una decina di persone, altrettante se n'erano fatte scappare. Il Loco, Alì e due suoi compari erano finiti in ospedale, gli altri nelle camere di sicurezza della caserma di via Moscova, prima di beccarsi una denuncia e di essere scarcerati dal gip.

«Io ci ho messo una giornata a ripulire il pavimento dai cocci e dal sangue» concluse Zabaione. «La porta del bagno l'ho rimessa in piedi alla bell'e meglio, perché l'avevano quasi sfondata per tirare fuori lo sborone. Anzi, gliel'ho proprio detto, quando è tornato, che doveva ripagarmi i danni. E invece guardate lì che fine gli hanno fatto fare.»

Quindi Alì, dopo la rissa, era tornato in via Ciceri Visconti, nonostante nel suo interrogatorio avesse giurato di esserci passato per caso. Una mossa imprudente e forse anche stupida, visto che al processo Zabaione avrebbe potuto giurare il contrario. Eppure il tunisino non doveva essere proprio uno sprovveduto se era riuscito a restare incensurato pur frequentando giri loschi.

Forse era stato il fascino della J.Lo a fargli perdere la trebisonda?

Libera lanciò uno sguardo a Irene, che le sorrise. Quella ragazza stava almanaccando qualcosa, pensò. E infatti la giornalista si allungò verso il barista con l'aria sognante di una ventenne che si aspetti l'happy end: «Alì è tornato per riprendersi la Facunda?»

«Ma che Facunda e Facunda! Quella è in castigo nella canonica di uno zio prete a Morbegno. Adesso al massimo può fare la svenevole con qualche boscaiolo. Lo sbruffone non mi ha neanche chiesto di lei.»

E allora di cosa andava in cerca Alì per lasciare l'ospedale in fretta e furia e correre al bar, ancora tutto incerottato e pesto?

«Gl'interessava la sanseveria» fece Zabaione, ridacchiando di tanta stupidità. «Era arrabbiato perché qualcuno, in quel macello, si era fregato la pianta. E io che l'avevo sbattuta lì perché il verde mi dà noia.»

«L'aveva piazzata in bagno, vero?» indovinò la Smilza, lanciando un'occhiata di avvertimento a Iole perché non se ne uscisse con qualcuna delle sue trovate, mettendo il barista sul chi va là. Di Capistrano non si preoccupava: non aveva aperto bocca da quando erano entrati e stava così immobile da mimetizzarsi quasi con la parete del locale. Ma il suo sguardo era vigile. Era un uomo notevole, pensò la giornalista.

Restava il giallo di quella sanseveria così preziosa per Alì. Certo, nessuno dei fermati aveva potuto portarsi una pianta in caserma o in ospedale. E allora chi l'aveva rubata e perché?

Colta da un presentimento, Irene allungò una foto di Hamma al barista.

Lui arricciò le labbra. «Questo qui stava sempre a ciondolare ai giardini, in attesa di clienti, ma nel mio locale ci veniva solo con lo sbruffone. Lui va al tabacchi di via Monte Cimone. Gioca pesante alle macchinette.»

«Quindi non l'ha più visto dopo la rissa?»

«È venuto il giorno dopo, il grullo. Lo ricordo perché stavo ancora pulendo e lui mi è rimasto tra i piedi un'ora.»

Iole non riuscì a trattenersi: «Per caso è andato in bagno?» strillò, facendo sussultare sia Libera sia il Gatto.

Lo Zabaione quasi ruggì: «E chi sono io? Il controllore delle pisciate?»

Quando furono risaliti in auto, diretti verso la circonvallazione, la Smilza estrasse dalla sacca il suo bloc-notes: «Ricapitoliamo.»

Scriveva veloce e intanto ripeteva, a beneficio degli altri tre, le informazioni che avevano appena raccolto. Era una tecnica che le Miss Marple del Giambellino usavano in tutte le loro inchieste. Riflettere insieme a voce alta serviva a mettere in luce i collegamenti tra i fatti e le persone. A scovare i punti deboli delle teorie. Un buon investigatore non si innamora mai di una pista.

«La sera in cui gli uomini del Loco lo aggrediscono» iniziò la Smilza, «la prima cosa che fa Alì, che pure sa menare le mani, è chiudersi in bagno e mettere in salvo qualcosa dentro un vaso.»

«Probabilmente è il pacchetto della droga che ogni martedì consegna ai suoi "cavalli" del quartiere» le fece eco Libera. «I peruviani non possono saperlo, ma i suoi compari sì.»

«Lo sa Hamma, per esempio, che è disperato per i debiti» continuò la giornalista. «Infatti, appena lo scarcerano, va al bar, ruba la pianta e scompare prima del ritorno di Alì.»

Con un sospiro, la ragazza chiuse il blocco: «E questo che cosa significa?»

«Che non è affatto detto che il Loco sia l'assassino» squittì Iole. «Perché lui non poteva sapere della droga nascosta nella pianta.»

Già, non poteva, continuò la ragazza. E poi, se ce l'aveva con Alì per motivi, diciamo così, sentimentali, non aveva alcuna ragione per prendersela con Hamma. Possibile che i due fatti – il delitto e la scomparsa – non fossero collegati? Sarebbe stata davvero una strana coincidenza. E ormai era chiaro che, in quell'auto, tutti dubitavano delle coincidenze: il Gatto per prudenza, Libera per aver letto tanti romanzi di Agatha Christie e Irene perché, come la sua guru, era convinta che nulla succedesse per caso.

Fu Iole a prendere la parola: «Quindi a uccidere Alì o è stato Hamma che non voleva rendergli la droga...»

«Mi pare difficile» commentò il Gatto, aprendo bocca per la prima volta. «Conoscendolo per lo smidollato che è, non avrebbe mai affrontato un pugile a mani nude.»

«Allora è stato il vero proprietario di quella droga e, a questo punto, Alì era solo un intermediario, una specie di caporione degli spacciatori.»

«Ma se qualcuno, ancora oggi, ha messo a soqquadro la casa di Hamma» concluse Libera, «vuol dire che è vivo e ha con sé la refurtiva.»

Al Gatto sfuggì un sospiro di ammirazione. Quanta bellezza c'era in quelle donne. Era rimasto incantato a osservarle mentre si passavano veloci la parola, ragionando a voce alta, in una sinfonia ben rodata di intelligenze. Con un brivido di apprensione si accorse che gli spiaceva lasciarle. Ma i latitanti, si sa, non possono permettersi legami.

Così, al primo semaforo rosso sulla circonvallazione, aprì la portiera e saltò giù dalla Panda. Sarebbe andato all'appuntamento con Gianni, si disse. Avrebbe convinto lui e Alma a trasferirsi dalla Franca e poi sarebbe sparito per un po'. Ci avrebbero pensato quelle tre, e i loro alleati giornalisti e sbirri, a ritrovare Hamma se era ancora vivo.

Gianni, in mano loro, sarebbe stato comunque al sicuro e forse, quando le acque si fossero calmate, lui sarebbe potuto tornare a trovarlo. Ma certo era un peccato non vedere la fine dell'indagine.

«L'appuntamento con la Franca è per le dieci di stasera in via Cerva» gli urlò dietro Iole, lanciandogli un bacio sulle punte delle dita, dal finestrino abbassato. «Ma di noi verrà solo Libera, perché la Milani sarà in ufficio e io ho di meglio da fare.»

Lo guardarono allontanarsi spedito lungo il viale, una sagoma alta e sottile ritagliata dai lampioni, nel buio della sera. Erano le sette e mezza, il sole era tramontato da più di due ore, una lunga colonna di auto intasava il viale diretta verso i locali sui Navigli. Attraverso le gocce lasciate dai tergicristalli, Libera vide l'uomo che forse era suo padre scendere le scalette della fermata della metropolitana di Porta Romana.

«E se non dovesse più farsi vivo?»

Iole le sfiorò la gamba. «Sono sicura che verrà.»

L'aveva detto con la sua voce da adulta, pensò Libera. Ficcanaso com'era, aveva deciso di rinunciare all'incontro con Alma e il figlio, solo per permettere a lei di stare qualche minuto da sola con il Gatto. Le fu immensamente grata per questo. Ma come poteva essere certa che un uomo in fuga da una vita si sarebbe presentato all'appuntamento?

«Sendic è un maledetto orso, però è un tipo curioso. Non sfuggirebbe mai davanti a una sfida» le garantì la madre.

«E quale sarebbe questa sfida?»

«Noi» rispose Iole, con un sorriso gentile che la fece tornare la ragazza di cinquant'anni prima.

«Ma bene, anzi benissimo!» esultò il *Dog* quando lo chiamarono per metterlo al corrente dell'intervista a Zabaione. «Temevo di dover mettere in pagina uno stracco pezzo sull'arresto del Loco e invece posso promuovere la storia nella cronaca nazionale. *Il giallo della pianta di sanseveria* è un titolo che acchiappa. E poi, la nostra pista esclusiva su un possibile assassino ancora sconosciuto mi piace assai. Il dubbio "è lui o non è lui?" vende più di una granitica certezza.»

«Certo, in questura non ne saranno proprio felici» sussurrò Libera. Anche nel bel mezzo delle sue elucubrazioni a proposito del Gatto, non poteva far a meno di preoccuparsi per Vittoria e per la sua squadra. Avevano ascoltato ore di intercettazioni, visionato decine di filmati delle telecamere di sicurezza, sentito una caterva di testimoni reticenti o bugiardi, e ora bastava la chiacchierata tra quattro ficcanaso e un barista per smontare la loro ricostruzione. Probabile che, nel corso dell'inchiesta sulla rissa, nessuno avesse dato importanza alla sosta di Alì in bagno, a partire dal testimone Zabaione che l'ascriveva a pura vigliaccheria. Così non avevano potuto collegarla all'anomala sortita al bar di Hamma.

«Me ne sbatto della questura» tagliò corto il *Dog*, e aggiunse che prevedeva non una, ma ben due pagine al fulmicotone per il giorno successivo. «Cara la mia Smilza, mi sa che, dopo aver scritto il pezzo, ti tocca fare una volata a Morbegno. Voglio una foto di quella Facunda tutta contrita in canonica. La schiaffo accanto a quella con la fascia di Miss Carabobo. Titolo: *I peccati della pupa del boss*. Che ne dite?»

«Dico che lei è un becero maschilista» strillò Iole inviperita.

«E me ne vanto» rispose lui.

Prima di lasciare le sue socie, Irene annunciò che avrebbe tenuto il cellulare acceso «per ogni evenienza», ma aggiunse che avrebbe dovuto lavorare tutta la notte, con due pezzi da scrivere e una gitarella in Valtellina nel mezzo. «Se vuole, può venire con me» offrì a Iole, ma lei, stranamente, respinse l'invito e, quando furono in vista del Giambellino, scese in fretta dall'auto per prendere al volo un taxi.

Dove andava ora sua madre, senza nemmeno cambiarsi, lei che era una fissata con i travestimenti? Non si stava per caso cacciando in qualche guaio?

Preoccupata, Libera fissò Irene, che scosse il capo e sorrise. «Non ci penserei, fossi al posto suo. Iole sa sempre come cavarsela.»

Al casello, Idra era rintanata dentro la sua cuccia, probabilmente offesa di essere stata abbandonata per tutto il pomeriggio. Libera cercò di portarla fuori a sgranchirsi le zampe sull'alzaia, ma il cane si oppose.

Mancava più di un'ora e mezza al nuovo appuntamento con il Gatto. Come far trascorrere quei novanta, interminabili, minuti? Istintivamente, si diresse verso gli scaffali della libreria nell'ingresso, dov'erano impilati, a casaccio, i suoi romanzi del cuore, pronti per consolarla nei momenti bui. Sfiorò la copertina gialla e viola di una vecchia edizione de *I milanesi am-*

mazzano al sabato (certi padri esistono solo nei libri, pensò), tamburellò con le dita sulla costa di *Orgoglio e pregiudizio*. Sfiorò i dorsi sgargianti delle avventure di Maigret e sfilò dalla pigna *Il cane giallo*:

Venerdì 7 novembre. Concarneau è deserta.

Libera chiuse di scatto il volume. L'adrenalina che le scorreva in corpo non le avrebbe permesso di lasciarsi andare alla magia di Simenon. Come se fosse dotata di volontà propria, la sua mano impugnò il cellulare e scorse la rubrica, lanciando una telefonata. Il numero dell'utente desiderato risultava spento o irraggiungibile.

Meno male, fu il suo secondo pensiero, dopo un primo di cocente delusione. Le accadeva spesso di non trovare Gabriele, quando desiderava parlare con lui, ma in questo caso la spinta a chiamarlo era stata davvero irrazionale. Come avrebbe potuto raccontargli di Capistrano senza spiegargli come era arrivata a lui, di cosa lo sospettava e soprattutto che cosa stavano combinando lei e sua madre, nonostante lui le avesse chiesto di appendere al chiodo il cappellino da Miss Marple?

Pensierosa, aprì il frigorifero e piluccò un pezzo di formaggio.

Kristall Radio diffondeva le note di una delle canzoni preferite del nonno:

Il suo nome era Cerutti Gino
ma lo chiamavan Drago
gli amici al bar del Giambellino
dicevan che era un mago...

Come ogni volta che l'ascoltava, *La ballata del Cerutti* le diede un'iniezione di felicità. Raccontava certi personaggi del suo quartiere, i ladruncoli da quattro soldi, con la poetica malinconia di Giorgio Gaber, così come aveva fatto Enzo Jannacci con il suo palo della banda dell'Ortica. Chissà che canzone avrebbero potuto scrivere, quei due, a proposito di Aladino, il pugile *bauscia* del lago tradito da una pianta alla cocaina e dalle grazie di una bellezza d'oltremare.

Ogni vita, in fondo, è epica, se sai raccontarla.

Libera guardò di nuovo lo schermo del cellulare. Vittoria continuava a non risponderle. Alle nove e mezza di sera, prima di uscire di nuovo, le lasciò un messaggio perché non si preoccupasse se fosse rientrata e avesse trovato la casa deserta: SONO DALLA FRANCA. CHIAMA PURE SE HAI BISOGNO. Lo scrisse sentendosi in colpa, perché dentro di sé si augurava che la figlia non telefonasse. Come avrebbe fatto a non tradirsi con lei, in compagnia di un rapinatore latitante e di un ragazzino di undici anni scappato da casa? Perché riusciva sempre a ficcarsi in situazioni del genere?

Lungo la strada, neanche Raffaella Carrà la distrasse dal chiodo fisso dell'incontro con il Gatto. Grazie a sua madre si sarebbe trovata a tu per tu con lui e avrebbe potuto conoscerlo almeno un po'. Ma lui voleva essere conosciuto? Le era sembrato un tipo molto diffidente e oscuramente sentiva che se ne sarebbe andato presto. Cantando a squarciagola, senza preoccuparsi degli sguardi curiosi degli altri automobilisti, Libera cercò di scacciare il pensiero che era lì, in agguato: tutti gli uomini importanti mi lasciano.

Era successo con suo padre. Poi con suo marito, ucciso a pochi anni dalle nozze. Un giorno Rosa Maria le aveva detto che queste esperienze traumatiche del passato continuavano a condizionarla anche in età adulta. Ma veramente era convinta che, se si fosse abbandonata ai sentimenti, sarebbe stata ferita di nuovo? Davvero la felicità le faceva paura?

Il telefono squillò, riportandola al presente: «I tuoi amici sono già qui» disse spiccia la Franca.

Libera bruciò i limiti di velocità, cosa assolutamente non da lei, e parcheggiò in divieto di sosta, ma quando varcò il portone della casa signorile di via Cerva che sarebbe stata il rifugio di Gianni e di sua madre, il Gatto non c'era già più.

«Il signor Capistrano si scusa, ma ha dovuto andarsene» l'avvertì la Franca, guardandola con occhi che le leggevano dentro. La conosceva fin da quando era in fasce, era stata la sua madrina.

È proprio il mio destino, stava pensando Libera, sconsolata.

Franca la precedette nell'appartamentino al secondo piano destinato agli ospiti. Gianni e sua madre stavano in piedi nell'ingresso, la donna davanti al figlio, come se volesse proteggerlo o nasconderlo, ai piedi solo una piccola borsa da palestra.

«Ma è la signora che stava assieme alla giornalista!» esclamò il ragazzino, sorpreso, riconoscendola. Probabilmente aveva indossato metà del suo guardaroba, prima di uscire di casa, in previsione di dormire all'aperto, e ora si sventolava con il berretto da basket in quella bomboniera arredata con il gusto classico di Franca. «È proprio lei» ripeté, rivolto alla madre. Poi fece un passo verso Libera: «Diego mi ha detto che devo obbedirle, signora.»

Nonostante l'abbigliamento che scimmiottava quello dei trapper e l'altezza, notevole per l'età, Gianni aveva mantenuto lo sguardo limpido dell'infanzia. Era cresciuto con i nonni in campagna, aveva raccontato loro il Gatto. Era un bambino solitario, sognatore, poco incline allo studio, abituato a relazionarsi con gli anziani.

«Tu devi obbedire solo a me» fece la madre, strattonandolo fino a spingerlo contro il muro. Gli occhi della donna, segnati dalla stanchezza, sfuggirono quelli della padrona di casa e di Libera mentre cercava di giustificare il suo scatto: «Non voglio che continui a parlare del padre. Sono sicura che la cosa si risolverà presto e che Hamma tornerà sano e salvo, se nessuno solleverà inutili polveroni.»

Inutili polveroni? Libera immaginò la reazione di Iole se si fosse trovata lì, al suo posto: il marito di quella donna era in fuga con qualcosa che aveva già provocato un omicidio e lei, invece di accettare il loro aiuto, cercava di ridimensionare i fatti solo per proteggerlo? Magari per evitargli un arresto?

Quanta poca lungimiranza c'era in quella diffidenza scontrosa.

Probabile che Alma si fosse sentita costretta ad accompagnare il figlio da Franca pur di non perderlo di vista, ma trovarsi quel manipolo di ficcanaso tra i piedi non doveva rientrare nei suoi progetti. Forse, mentalmente, ne stava dando la colpa al Gatto.

E infatti sbottò: «Mi dispiace solo che il bambino, con le sue fantasie, abbia fatto spaventare tutti. Domani chiamo il fabbro, sistemo la porta e rientriamo a casa.» Poi, rivolta al figlio: «E adesso su, saluta le signore e fila a letto.»

«Buonanotte» fece Gianni, chiaramente intimidito dallo sguardo della madre. Libera allungò una mano verso la sua. Lui gliela strinse come un adulto. Sul pollice destro gli splendeva una grossa fede con incastonata una stella di brillantini.

«Bell'anello.»

«Me l'ha prestato papà. Diceva che era prezioso. Che gliel'avevano dato nella città dei balocchi.»

«Ma Gianni!» lo sgridò aspra la madre. «Ti sembra che alle signore possano interessare le tue favole?» Poi, con un colpetto sul collo, lo spinse verso la camera da letto.

Decisamente nascondeva qualcosa, pensò Libera.

I suoi occhi incontrarono quelli della padrona di casa che ricambiò lo sguardo, prima di rivolgersi all'ospite: «A scanso di equivoci, il mio uomo di fiducia monterà la guardia nell'androne tutta la notte.» Lo disse con il suo tono brusco, che non ammetteva repliche. «Voglio sapervi al sicuro e qui dentro.»

Quando accompagnò al portone una Libera più pensierosa del solito – perché il Gatto non l'aveva aspettata? – Franca lo fece in religioso silenzio. Era una donna d'azione: parlare di sentimenti, interrogarsi sulle emozioni, non era mai stato il suo forte. Si limitò a stringere il braccio della sua figlioccia come faceva quand'era bambina.

«Vai a casa, ciccia, e fatti una dormita.» Nel dirlo le allungò un blister con una pastiglia: «E non preoccuparti per questa bugiarda qui. Noi non la perderemo d'occhio.»

Perché aveva parlato al plurale?, si chiese Libera, prima

che i suoi pensieri tornassero a Capistrano e alla sua fuga misteriosa.

Il Gatto aveva lasciato la casa di Franca dieci minuti prima dell'ora fissata per l'appuntamento con Libera. Guardandosi alle spalle, era scivolato dal portone lungo via Cerva, aveva superato una vecchia trattoria-bottiglieria e un negozietto di bigiotteria di lusso, e si era diretto ai portici di largo Augusto. Sarebbero stati un ottimo punto di osservazione, si era detto, e lui era convinto che ci sarebbe stato di che osservare. Nascosto dietro un pilastro, vide Libera uscire in strada, pronunciare parole indistinte con Franca e poi allontanarsi verso via Francesco Sforza, il capo chino nel suo tipico atteggiamento pensieroso.

«Ciao, Sendic, che ci fai qui acquattato?» La vocetta allegra di Iole lo colpì alle spalle, con la potenza di una scarica elettrica. Quasi non la riconobbe nella donna che sbucava da un altro pilastro, avvolta in un tabarro rosso lungo fino ai piedi, un caschetto di capelli corvini alla Valentina di Crepax.

«Ti piace?» ridacchiò lei. Poi fece la ruota col mantello, da cui sbucavano un abito a sirena nero e un paio di comode scarpe da tennis. «È di Franca, naturalmente. La parrucca, invece, è mia. Mi piace travestirmi durante i pedinamenti.»

«Strano, pensavo fosse meglio passare inosservati.»

«Non è nel mio stile, Diego.»

No, non era nel suo stile, pensò il Gatto. Però non era mai stato neanche nel suo stile inseguire qualcuno. La Iole che conosceva lui amava troppo la sua libertà per violare quella altrui. Ma la Iole di oggi?

Possibile che gli stesse dando la caccia per conto della nipote sbirra? Che cos'era successo alla ragazza sovversiva dei suoi vent'anni?

«E chi staresti pedinando, di grazia?»

«Te.»

Ecco, pensò il Gatto. Il suo istinto ci aveva visto giusto: non era un caso che si fossero incontrati in quella stazioncina fuori Milano. Lanciò un'occhiata circolare alla piazza. Si nascondeva qualcun altro tra le auto in sosta o dietro il chiosco di fiori chiuso? Iole aveva agganciato un microfono sotto quel po' po' di mantello? E soprattutto, qual era la direzione giusta per svignarsela? Quella verso via Larga e il centro o l'altra che da via Visconti di Modrone portava alla stazione centrale?

«Non mi importa nulla che tu sia il Gatto con gli Stivali. Anzi, applaudo alle tue imprese. Per me, la razza degli usurai può estinguersi anche domattina» disse secca Iole. Aveva sgomberato il campo da ogni equivoco, sapeva di lui. Ora gli stava marciando contro e intanto frugava con la mano destra sotto il mantello. Era armata, per caso? E perché indossava i guanti?

«Io da te voglio solo questo.»

Le spalle schiacciate contro il marmo del pilastro, il Gatto spalancò gli occhi, fissando come ipnotizzato l'oggetto che lei gli tendeva. Una provetta, pensò.

«Ti ricordi quella notte dell'Epifania del '68 a Varenna, Sendic?»

Ormai Iole gli stava a meno di cinque centimetri dal torace. L'uomo poteva sentire il suo respiro che sapeva di alcol e di mentine. Il suo profumo, la rosa di Czech & Speake, era lo stesso di allora. Anche all'epoca, lei gli sfiorava il mento con i capelli, pensò, mentre sentiva la sua voce risponderle: «E chi può dimenticarla?»

«Be', mia figlia è nata nove mesi dopo.»

Poi Iole stette a guardarlo in silenzio, studiando le emozioni che gli si disegnavano sul viso.

«A me non è mai interessato sapere il nome del proprietario dello spermatozoo» chiarì. «Ma, a quanto pare, Libera ci tiene e io tengo a lei.»

Aggiunse che, di regola, ci sarebbero voluti quattro giorni per avere i risultati del test, ma che, grazie a un'amica di Franca, la figlia avrebbe dovuto aspettarne solo due. «Così tu, nel frattempo, potrai filartela all'inglese.»

Non aveva aggiunto «come al solito», ma era sottinteso.

Un'auto passò strombazzando lungo via Visconti di Modrone. Attraverso la pioggia che cadeva fitta dal portico, il Gatto intravide i fanali del filobus che la seguiva. Sarebbe stato semplice, per un uomo ancora atletico come lui, rincorrerlo e saltarci sopra. Semplice e prudente.

Mordendosi le labbra, allungò una mano e afferrò la provetta.

«E ora abbassati» disse Iole quando l'uomo ebbe concluso l'operazione. Senza tanti complimenti, gli strappò di netto una ciocca di capelli e la sigillò dentro una busta. «Ne servivano almeno sette e con il bulbo» aggiunse, come per scusarsi. «Ora puoi andare, grazie.»

Ma fu lei a voltargli le spalle. Con un salto, uscì dal portico, evitando una pozzanghera, e si avviò verso via Cerva, la schiena eretta, il mantello che si gonfiava come le ali di una farfalla cremisi al ritmo dei suoi passi decisi, sotto la pioggia.

«Iole» urlò istintivamente il Gatto, benché sapesse che non era affatto prudente.

Lei fece ancora due passi, poi si bloccò e si voltò ad aspettarlo mentre lui la raggiungeva di corsa, schivando le auto e suscitando un concerto di clacson rabbiosi.

Sarebbe potuta sembrare una scena di quel film melenso, pensò l'uomo, quello stucchevole *Mamma Mia!* che piaceva tanto alle signore. Ma erano a Milano, non su un'isola greca. E per di più pioveva. E lui non era mai stato un gran romanticone.

«Secondo me, dobbiamo pedinare la moglie di Hamma, non me la conta giusta» le propose, quando l'ebbe raggiunta. «Ma ci servirà una macchina. Lei ha parcheggiato quella del marito in via Larga e può usarla, se vuole.»

«Io l'auto ce l'ho» rispose Iole, trionfante. Con l'indice teso indicò un piccolo suv, un Jimmy blu elettrico, parcheggiato all'angolo con via Durini. «Ho chiesto aiuto a un amico di Libera, per poterti aspettare al caldo e non bagnarmi la parrucca.» Gli strizzò l'occhio. «E poi Furio è uno chef. Ha preparato un tortino di verdure e nocciole che levati!»

Ore dopo, mentre fissavano il portone di via Cerva nel silenzio dell'abitacolo bersagliato dalla pioggia e il cuoco russava dolcemente, il capo appoggiato al finestrino, il Gatto buttò lì, con tono neutro, la domanda che gli frullava per la testa da quando si erano rivisti e che aveva alimentato la sua inquietudine.

«C'è una cosa che non capisco, Iole.»

«Spara.»

L'uomo esitò. «Io ti ricordo da sempre come una ribelle e una testa calda.»

«Ricordi bene» rise lei.

«E allora com'è possibile che tua nipote abbia scelto di diventare uno sbirro?»

A quelle parole, Iole si fece improvvisamente seria. «Diciamo che mio genero era un poliziotto ucciso in servizio e che Vicky è cresciuta con l'idea, anzi con l'ossessione, di rendergli giustizia.» Lo disse scandendo bene le parole, perché conosceva la sua storia. Anche il Gatto era diventato quello che era per vendicarsi dell'uomo che aveva spinto suo padre al suicidio.

«L'ha fatto nel nome di Saverio, insomma. Ma io penso che vivere nel nome di qualcun altro e non nel proprio sia uno spreco.»

Poi, con un gesto morbido della mano, si sfilò la parrucca e gli sorrise.

Esiste al mondo qualcosa di più sexy e pericoloso di una donna intelligente?, si chiese il Gatto chiudendo gli occhi per sfuggire il suo sguardo.

La Fata cambiò canale con un colpo secco del telecomando.

«Stupida donna» esclamò.

Mezz'ora prima era uscita dal bagno con il viso spalmato della sua crema antietà allo yogurt, lievito di birra e succo di mela, si era seduta sul divano ad attendere i canonici dieci minuti prima del risciacquo e si era come incantata davanti al film che trasmettevano su La5.

Il vero amore, un titolo insulso, ma mai quanto la protagonista della pellicola, una certa Anna, psicologa e speaker radiofonica titolare di una rubrica di consigli amorosi che, fidanzata con il danaroso proprietario di un cantiere navale, lo mollava per mettersi con un vecchio amico.

«Stupidissima donna» ripeté la Fata, mentre lo sguardo le planava istintivamente sul cassettone su cui, accanto a quella del defunto marito, faceva bella mostra di sé un'altra foto, scattata proprio nel cortile di quel palazzo oltre cinquant'anni prima: lei e Diego sottobraccio, lui con il suo testone di capelli ricci e gli occhiali da miope, lei con l'aria ebete da *Tempo delle mele*. Aveva sperato di poterli rinverdire, i fasti di quell'amore adolescenziale, lasciandosi coinvolgere nelle rapine del Gatto con gli Stivali, ma Diego se l'era squagliata per la seconda volta. Con la maschera ormai diventata un calco di creta sul viso, Fata cambiò freneticamente canale, scontenta di tutto quello che incontrava – pure *I Cesaroni,* inorridì – finché approdò su Rete4 e sullo stravisto *Giù la testa,* un film di Sergio Leone che, perlomeno, poteva contare su un James Coburn non del tutto disprezzabile, con quei baffoni ruvidi e quello sguardo di ghiaccio, e su una serie di spettacolari sparatorie.

Nei western la facevano facile, pensò. Anche lei si sarebbe tolta volentieri lo sfizio di una bella revolverata se solo avesse avuto il Gatto sottomano. Ma ormai era inutile continuare a sperare che fosse tornato in città. La rapina al bar Trifoglio, lo stesso della loro lista di obiettivi, doveva essere stata una pura coincidenza, come il passaggio del dinamitardo Coburn davanti al bandito interpretato da Rod Steiger. In fondo, lei credeva nelle coincidenze e infatti tutti i sopralluoghi alla trattoria degli Angeli, nella speranza che l'ex complice e amante si facesse vivo, alla fine un risultato l'avevano prodotto.

Mentre, in tv, Steiger sparava alle gomme della moto di Coburn, Fata si alzò di scatto dal divano, afferrò la foto sua e di Diego e la gettò nel sacchetto dell'immondizia a far compagnia ai vasetti dello yogurt usati per la maschera, con buona pace della raccolta differenziata.

In bagno si sciacquò bene il viso e iniziò la lunga trafila della vestizione e del trucco. Per quella sera, aveva scelto uno dei suoi abiti meno appariscenti: un tubino scuro al ginocchio ma aderente, che rendeva giustizia alla sua quinta di reggiseno. Un paio di stivali, mezza boccetta di profumo e Fata era pronta alla recita.

Oggi, giorno di chiusura del locale, la trattoria sarebbe stata tutta per lei e per Piero, il fratello del titolare, che non vedeva l'ora di diventare il suo cavalier servente. Erano bastate un po' di studiate moine per intortarlo. Fata aveva immediatamente riconosciuto nel suo sguardo spaesato e remissivo i segni di quel candido infantilismo che appartenevano anche a suo fratello Lino, il *tarluc*, l'unico uomo che non l'avesse mai tradita.

Né Fata avrebbe tradito lui. L'aveva messo ben in chiaro sia con Piero sia con il fratello Luca, ristoratore a tempo pieno e usuraio per passione, lo scarafaggio che teneva i cordoni della borsa e che avrebbe continuato a farlo, foraggiando la loro pensione. Fata pretendeva una stanza anche per il Lino nella villa di Ospedaletti in cui si sarebbe trasferita con Piero dopo aver abbandonato quella città merdosa, Milano, con la sua merdosissima religione del lavoro e della fatica.

E allora Riviera ligure sia, si disse, spruzzandosi una dose suppletiva del profumo che Piero mostrava di gradire. Non sarà Saint-Tropez, ma è sempre meglio che via degli Etruschi. E poi è a un tiro di schioppo da Sanremo e dal suo casinò, dal lusso e dai lustrini che le erano sempre piaciuti. Altro che «la libertà è partecipazione» di quell'esaltato del Diego con i suoi sogni di espropri proletari e di coltivazione collettiva della terra. Mai, in vita sua, lei avrebbe preso in mano una zappa, se non per dargliela in testa, qualora l'avesse incontrato.

Ma non l'avrebbe più incontrato, purtroppo.

A Fata sfuggì un sospiro involontario.

Allora tirò su col naso, raddrizzò la schiena e attraversò il cortile quasi sfilando, il petto in fuori, il mento in avanti in segno di sfida. Nell'androne, quell'arpia della custode, l'Angelita, cianciava con la presidente del Comitato inquilini a proposito di una certa retata del pomeriggio. Ecco perché c'era stato tanto silenzio, pensò.

Prima di varcare il cancello, si voltò solo un attimo a osservare, per la milionesima volta da quando ne aveva memoria, l'edicola con la Madonnina, la panca in legno e i platani che le facevano ombra. Le persiane dell'appartamento al quarto piano della scala A, quello che era stato della mamma di Diego, erano chiuse.

Peccato, si disse Fata, scrollando le spalle. Ma per fortuna lei non era mai stata una romanticona.

Allora aprì l'ombrello maculato e si gettò sotto la pioggia verso la fermata della 84.

Era l'ultima volta che ci saliva, giurò. Da quel momento ci avrebbe pensato il Piero a scorrazzarla in giro.

10

Le indagini sono un diversivo contro i pensieri cupi

Lasciata la casa di Franca, Libera guidava lentamente verso il Giambellino, persa nelle sue riflessioni.

Mancava più di un'ora a mezzanotte e già la circonvallazione esterna appariva quasi deserta. Non c'erano colonne di auto dirette verso i Navigli, tra gimcane di motociclisti e strombazzate di clacson.

Dopo la frenesia del sabato, le domeniche sera a Milano sono tristi, si disse. Hanno il sapore di qualcosa che finisce, in una città che non ama le pause.

Il tergicristallo della Panda batteva il tempo come un metronomo. Lei spazzò via dalla guancia una lacrima. Sei tu che sei triste, pensò.

Quella sera Capistrano l'aveva evitata di proposito e in fondo era giusto così, visto che lo stavano ingannando. Ma in questo modo lei non avrebbe mai scoperto se era suo padre oppure no. E anche se aveva vissuto quarantasei anni senza farsi domande, fingendo che le cose le andassero bene come stavano, con la sua tipica attitudine a adattarsi, ora non riusciva a non sentirsi derubata. Solo la verità ci rende liberi, diceva nonno Spartaco.

Con uno scatto di insofferenza, sfilò la sciarpa che la soffocava e abbassò il finestrino. Spruzzi di acqua gelida le bagnarono il viso. Sentiva fortissimo l'impulso di chiamare la Smilza per confidarsi con lei, che aveva vissuto un'esperienza simile, ma non poteva farlo se non disturbandola sul lavoro. Allora si limitò a inviare un messaggio nel gruppo di WhatsApp che lei e le altre usavano di rado e solo per le comunicazioni urgenti. Sua madre aveva insistito per chiamarlo Pafed, l'acronimo di Premiata Agenzia Fiori e Delitti. Nella foto profilo compariva anche Idra, con la sua tipica espressione bellicosa.

«Gatto non pervenuto. La mamma del ragazzino molto scontrosa. Secondo me, sa più di quel che dice. N.B.: Gianni indossa l'anello del padre.»

Passarono pochi istanti. Il messaggio ricevette due spunte e Irene la chiamò.

«Come si sente?» chiese. Era andata subito al sodo. Del messaggio aveva intuito la parte che le stava più a cuore.

«Delusa» disse Libera.

«È giusto.»

Non usava mai parole di circostanza, quella ragazza. E sapeva come distrarla. Le disse che sarebbe rimasta a Milano, con buona pace della Facunda («A rubarle una foto, il *Dog* ci ha spedito Piè Veloce»), perché nel frattempo c'era stato uno sviluppo imprevisto.

«Ho subito chiamato sua madre per avvertirla, ma ha il cellulare staccato. E non volevo disturbare lei, se era con Capistrano.»

Libera si fece tutta orecchi. Che tipo di sviluppo poteva richiedere tanta segretezza?

«La Squadra Mobile di Lecco ha identificato il tipo tarchiato che seguiva Gianni» proseguì Irene. «L'hanno portato in questura per interrogarlo perché il suo telefonino e quello di un nipote sono stati tracciati proprio nell'area in cui è stato abbandonato il corpo di Alì e poi nel suo appartamento di Oggiono.»

Straordinario, pensò Libera, e sentì che l'ammirazione che provava per quei poliziotti così efficienti si mischiava all'invidia per i mezzi tecnici che avevano a disposizione: tabulati telefonici, intercettazioni ambientali, telecamere di sicurezza. Le Miss Marple del Giambellino, invece, potevano contare solo sui ricordi dei testimoni e sulla loro disponibilità a condividerli. Nulla di paragonabile, davvero.

Ma la Smilza gelò il suo entusiasmo. «Visto il calibro del personaggio, non credo proprio che confesserà.»

Il tarchiato, disse, si chiamava Giordano Bruno Talarico, aveva cinquantasei anni e due processi all'attivo – uno per sequestro di persona – da cui era sempre uscito assolto. Come copertura, faceva il giardiniere nella villa di un imprenditore di Lecco, tal Pier Agostino Perego, ramo edilizia e movimentazione terra.

«E indovini dove abita l'imprenditore?»

«In via Malpensata» suggerì Libera con un filo di voce.

«In via Malpensata, già.»

Proprio la strada in cui Alì parcheggiava l'auto quando andava a trovare il pezzo grosso presso cui era impiegato, secondo quanto aveva raccontato alla padrona di casa.

«E noi sappiamo che lavoro faceva Alì. Probabile che ricevesse da Talarico la droga da smerciare.»

Gli interrogatori, aggiunse la giornalista, sarebbero andati avanti tutta la notte. Lei avrebbe atteso una soffiata per chiudere gli articoli. «Il *Dog* ha promosso la storia in prima pagina, visto che abbiamo la notizia in esclusiva. Nessun altro sa che Talarico e suo nipote sono stati individuati.»

Nessuno, neanche Vittoria? Libera si fece subito apprensiva. La figlia e la sua squadra, dopo la retata del pomeriggio, stavano ancora torchiando il Loco, convinti che fosse il vero assassino di Alì. Non bisognava avvertirli?

«Lo faranno da Lecco, se salterà fuori qualche indizio reale contro Talarico» tagliò corto la Smilza. «A ora potrebbe trattarsi solo di una falsa pista. Suggestiva per un giornale, ma da scartare per chi indaga.»

Aveva ragione, come sempre. Eppure quest'altro segreto che era costretta a tenere con la figlia – per non parlare di Gabriele! – la turbava. Per fortuna lei e sua madre sarebbero state altrove quando la telefonata della questura di Lecco avesse raggiunto i colleghi di Milano.

«Non scriverai che siamo coinvolte nell'identificazione del tarchiato, vero?»

Irene rise. «No. E non metterò di mezzo neanche Capistrano.»

Libera sospirò di sollievo, salutandola. Per i dieci minuti scarsi della telefonata non aveva pensato alla fuga del Gatto. Le indagini delle Miss Marple del Giambellino funzionavano, per lei, come un perfetto diversivo a quelle che Iole avrebbe chiamato le sue «paturnie». Un espediente forse un po' vigliacco ma salvifico, benché in aperto contrasto con quanto predicava la guru della sua amica. Nel suo libro, Rosa Maria invitava infatti a non sfuggire il disagio e la sofferenza, a «restarci dentro» per provare a superarli.

Ci penserò quando sarò diventata Buddha, si disse Libera scrollando le spalle. Fece partire il cd di *Mamma Mia!*, mise il volume al massimo e imboccò corso di Porta Genova. Era già quasi all'altezza della stazione, quando il suo cellulare squillò.

«Non aspettarmi questa sera, mamma» l'avvertì Vittoria.

Fino a qualche mese prima, sua figlia si sarebbe limitata a inviarle un messaggio stringato, gelosa com'era della propria indipendenza e timorosa di essere controllata. Ora, invece, sembrava quasi scusarsi. «Spero di non averti fatto cucinare per nulla.»

Addirittura non si era informata su dove fossero lei e Iole. Le trattava con minor condiscendenza del solito. Perché il suo atteggiamento era così cambiato? Libera se lo chiese per la centesima volta in poche settimane. Forse Vittoria aveva imparato ad apprezzarla per i suoi successi da detective dilettante? O invece era lei che, proprio grazie a quei successi, aveva accresciuto la propria autostima e si poneva in maniera diversa con la figlia?

«Resti in questura per tutta la notte?» chiese e sentì il noto morso del senso di colpa perché Vittoria avrebbe lavorato per nulla concentrandosi sulla falsa pista del Loco. Ma lei non poteva tradire la fiducia della Smilza e raccontarle di Talarico. E poi come avrebbe fatto a spiegare alla figlia perché era in possesso di certe informazioni se non svelandole il ruolo che le Miss Marple del Giambellino avevano ricoperto nelle indagini della questura di Lecco?

«Ho smesso di lavorare adesso. Ma passo la notte da Achille» rispose Vittoria, sollevandola inconsapevolmente dai suoi dubbi. «Il padre ci è ricascato e lui è sotto un treno.»

Libera trasalì. Che cosa aveva combinato stavolta l'Armando? Erano state proprio lei e sua madre, poco tempo prima, a scagionarlo da un'accusa ingiusta, ma la sua fedina penale restava tutt'altro che immacolata. «Si è fatto arrestare di nuovo? È uscito dal carcere solo due giorni fa!»

All'altro capo del telefono ci fu silenzio. Libera trattenne il fiato per l'errore che aveva commesso con quella domanda così diretta. La figlia era riservatissima sulla sua vita privata, figuriamoci come lo sarebbe stata con quella del partner.

«Armando è scappato con la moglie di un compagno di cella, un tipo dal grilletto facile, tra l'altro.»

Insomma, nonostante le promesse, il vecchio lupo non aveva perso il vizio di mettersi nei guai e Achille, che aveva sperato di poter passare un po' di tempo con lui, dopo tutti gli anni in cui il carcere li aveva separati, a quanto pareva era tramortito dalla delusione.

«Credo che debba smettere di augurarsi che suo padre cambi» concluse Vittoria, con aria giudiziosa. «È più sano che lo lasci andare.»

Ma c'era dell'amarezza nella sua voce. In fondo, lei aveva solo tre anni quando suo padre era stato ucciso e anche adesso che era adulta non riusciva a darsi pace.

«Lasciar andare non è proprio semplice e non lo è nemmeno rinunciare alle proprie aspettative» rispose Libera, pensando alle sue nei confronti di Capistrano. Perché se n'era andato prima del suo arrivo?

Il vialetto del casello era coperto di foglie di glicine strappate dal vento e inzuppate dal successivo acquazzone.

La mattina dopo avrebbe dovuto spazzarle, si disse entrando. Ma non resistette alla tentazione di farlo subito, alla sola luce della vecchia lampada da diligenza del portico, nonostante la pioggia continuasse a cadere. Pulire il giardino era come una meditazione per lei, il tentativo di mettere ordine, se non nel mondo, almeno nel suo angolo di mondo, in quella piccola casa bianca a guardia dei binari della linea per Mortara su cui fiorivano la vite canadese e il topinambur. Mentre spazzava, cercava di non pensare al Gatto. Ma anche a Furio, e soprattutto al cumulo di segreti e omissioni che rischiavano di creare un muro tra lei e Gabriele, uccidendo l'amore.

«Qualunque cosa succeda, devo raccontargli che forse ho conosciuto mio padre» decise.

Non gli avrebbe parlato del suo sospetto che l'uomo fosse il rapinatore mascherato e non avrebbe coinvolto la Smilza e il *Dog*. Si sarebbe limitata a descrivere il Gatto come un ex filarino di Iole incontrato per caso. Sarebbe stata una verità depotenziata, ma sempre meglio di quel silenzio.

Allora prese il cellulare e formò il numero del commissario, che risultò occupato. Aspettò un istante e riprovò di nuovo e poi di nuovo, ottenendo sempre lo stesso risultato. Con chi stava parlando Gabriele a quell'ora, dopo che Vittoria e gli altri suoi uomini avevano staccato dal servizio? Forse con Nadia, la ragazza che presto l'avrebbe reso padre? Libera odiava sentire in gola il sapore amaro della gelosia. D'impulso rimise in tasca il cellulare con il proposito di dimenticarsene e fu in quel momento che l'aggeggio squillò.

«Con chi parlavi a quest'ora?» chiese il commissario.

«Cercavo te, ma eri sempre occupato.»

«Anch'io ti cercavo.» La voce dell'uomo si era rilassata all'istante. «Vieni da me?»

Per scelta di Libera, Gabriele non si fermava mai a dormire al casello, dove avrebbe potuto incontrare Vittoria o sua madre. Era lei che voleva tenere segreta la loro relazione.

«Vengo» rispose, impaziente di parlargli, ora che aveva deciso.

Entrò in casa di fretta, fece una doccia, si mise addosso il primo paio di jeans e il primo maglione che le capitarono a tiro (tra l'altro quel tono di grigio le stava malissimo) e si precipitò in auto in via Morgagni, dove abitava il commissario.

«Deduco che anche tu avessi voglia di vedermi» disse l'uomo, ridendo, mentre le apriva la porta. «Ci hai messo quaranta minuti secchi dal Giambellino. Mi sa che ti arriveranno un paio di multe.»

Libera non gli lasciò il tempo per altri convenevoli. «Devo parlarti» buttò fuori. Sentiva che la voce le tremava come ogni volta che era costretta a dire qualcosa di difficile, qualcosa che poteva provocare un conflitto.

«Prima io» rispose Gabriele.

Perché tanta urgenza? Aveva scoperto qualcosa sui suoi maneggi di quei giorni? Con il cuore che le batteva nelle orecchie, Libera fissò il suo volto scavato: la barba non rasata, le occhiaie, il pallore della stanchezza che stava sostituendo il colore dorato del mare. A differenza sua, a Gabriele bastava un raggio di sole per abbronzarsi.

L'uomo sembrava turbato. In silenzio le prese una mano e la guidò verso il balcone che dava sul cortile interno del palazzo. Del piccolo orto che aveva coltivato quell'estate restavano una pianta di rosmarino e una vasca di cavolo cappuccio, ma i frutti del melograno erano maturi e sul graticcio esplodevano gli ultimi esemplari di rosa *Red Flame*, con il suo rosso vellutato e il suo profumo inconfondibile, un misto di fragola e mosto, accentuato dalla pioggia.

«Io voglio addormentarmi con te tutte le sere e svegliarmi con te ogni mattina» le disse, serio. «Troviamo il modo, Libera. Abbiamo aspettato già troppo tempo.»

Avevano aspettato quasi trent'anni, pensò lei, arrossendo violentemente. Non aveva senso procrastinare ancora. Ma come sarebbe stato tornare a dividere la quotidianità con un uomo e non con uno qualsiasi, proprio con Gabriele, il suo cavaliere di sempre, così solido e desiderabile, e al tempo stesso così poco sorprendente e leggero?

«Adesso tocca a te» la incalzò lui.

Libera esitò. «La cosa che ho da dirti non riguarda noi.»

Perché non riusciva a sostenere il suo sguardo? Perché si sentiva come una dodicenne davanti al primo filarino?

«E pensi che non mi piacerà?»

Gabriele ci avrebbe messo un secondo a capire che la storiella dell'incontro casuale con il vecchio amore della madre era una bugia.

«Credo di no.»

Il rumore delle auto arrivava attutito dalla strada.

Il commissario la fissò in silenzio, come se volesse leggerle dentro.

Poi allungò un braccio e la strinse a sé: «Allora vieni qui, parliamone domattina.» Lei appoggiò il viso sul suo torace e chiuse gli occhi. Ci poteva essere qualcosa di più spaventoso e di più magnifico di quella febbre?, si chiese lasciandosi andare. La bolla di passione in cui le sembrava di nuotare poteva sopravvivere alla vita di tutti i giorni, alle lavatrici, ai pranzi e alle cene, ai gesti banali, alle frasi fatte, alla routine?

«Domattina» sussurrò, ricambiando il suo bacio.

11

Il corso accelerato delle cose

Alle sei del mattino, il cellulare di Gabriele squillò.

Libera, assonnata, lo sentì rispondere, percepì il nome del suo vice, Furlan, e questa frase secca: «Tra un quarto d'ora sono pronto.» Poi il commissario si alzò di scatto dal letto.

Lei seguì con lo sguardo la sua schiena nuda che si dirigeva verso il bagno.

«Perdonami» le disse l'uomo, chinandosi a baciarla quando tornò, dieci minuti più tardi. «Devo andare in questura a Lecco. Tu resta a dormire quanto vuoi.»

A Lecco?

Libera trasalì, sentendo che l'atmosfera romantica andava in mille pezzi. Il tarchiato, alla fine, doveva aver confessato. Irene lo sapeva? Era stata informata dal suo compagno?

La Città chiudeva la prima edizione alle nove del mattino. Restava poco tempo per aggiornare i servizi. Così, appena sentì la porta chiudersi alle spalle del commissario, afferrò il cellulare e, controllando dalla finestra che l'uomo uscisse davvero, chiamò la giornalista.

«Talarico non ha confessato» la informò lei. «Ma a quanto pare Fernando, il nipote, ha chiesto un colloquio con il magistrato, che lo vedrà tra un paio d'ore. Comunque sarà troppo tardi per me.»

C'era disappunto nella sua voce.

Libera sorrise, immaginando il viso scontento della sua

amica che non dormiva da ventiquattr'ore eppure si preoccupava solo di «non prendere un buco», come si diceva in gergo. I veri cronisti sono ossessionati dalla notizia.

«E che cosa potrà mai volere questo nipote dal giudice?»

«Portare a casa uno sconto di pena, immagino. Ma la vedo dura. A quanto pare, anche una telecamera di sicurezza colloca lui e lo zio sulla strada d'ingresso al boschetto del delitto. Che parli o meno, mi sembra sia piuttosto inguaiato.»

In quel caso, Gabriele e Vittoria avevano proprio preso un bel granchio. La pista passionale, che tanto piaceva al *Dog*, si era rivelata un buco nell'acqua e presto Facunda avrebbe potuto lasciare la canonica valtellinese per tornare a far girare la testa ai maschi del quartiere Molise-Calvairate.

«Quindi il Loco è libero?»

«Ma quando mai!» Irene sembrò trovare l'ipotesi piuttosto divertente. «L'hanno arrestato per i due tirapugni in acciaio con tanto di teschi che aveva nascosto nel cassetto delle mutande, assieme a un machete e a una pistola non dichiarata. Servivano per difesa personale, ha detto.»

Ma ora, spiegò, le indagini si concentravano nel lecchese. Dopo l'interrogatorio di Fernando, probabilmente il magistrato sarebbe passato al datore di lavoro dello zio, per capire se fosse in qualche modo implicato nel traffico di droga o addirittura se fosse lui il mandante del delitto.

«Ma dimostrarlo non sarà semplice. Secondo Beppe, quel Perego è legato a Mimmo Valletonga, il capo di una delle 'ndrine che si sono radicate nel lecchese. Per questo sono stati contattati anche i colleghi della Dia, la Direzione Investigativa Antimafia. Un vertice è previsto alle dieci in questura.»

Addirittura la Dia! L'accenno alla 'ndrangheta fece rabbrividire Libera: lei conosceva bene i metodi di quei signori su cui aveva a lungo indagato il marito. Se davvero il padre di Gianni aveva rubato la droga a uno di loro, si era ficcato in un guaio spaventoso. Come poteva Alma, sua moglie, prenderla così alla leggera? E la polizia immaginava che la sua scomparsa fosse collegata all'omicidio di Alì? Irene aveva parlato al suo uomo della sanseveria rubata?

«Gliel'ho detto poco fa» sussurrò la ragazza abbassando ancora il tono della voce. «Non potevo rischiare fughe di notizie finché *La Città* non fosse andata in stampa con l'esclusiva. Cagnaccio mi avrebbe accoppato altrimenti.»

Con il compagno avevano un patto, aggiunse senza che Libera glielo chiedesse. Beppe le dava una mano solo sulle piste che lei aveva individuato autonomamente. In compenso, lei condivideva con lui soltanto le notizie che non l'avrebbero messo in imbarazzo, costringendolo a intervenire in qualità di ufficiale di pubblica sicurezza.

«Qualche volta il patto funziona, altre no, ma di sicuro il fatto che la relazione resti segreta ci aiuta. Altrimenti potrebbero accusarlo di favorirmi.»

Era la prima volta che la ragazza le parlava così apertamente del suo rapporto con il compagno e succedeva proprio all'indomani della proposta di convivenza di Gabriele.

«Riflettici» le aveva ripetuto il commissario prima di uscire, quella mattina.

«Comunque, per me, vale la pena di provarci» concluse la giornalista, come se sapesse quello a cui lei stava pensando. Per l'ennesima volta, Libera si stupì dei fili sottili che la legavano a quella ragazza tanto più giovane, cresciuta senza padre, come lei.

A proposito, chissà dove si era ficcato il Gatto?

«Lei sa per caso che fine abbia fatto sua madre?» chiese la giornalista, salutandola. «Quando l'ho chiamata, ha fatto molto la misteriosa.»

Strano.

Lasciandole, la sera prima, Iole aveva detto di avere un appuntamento con un vecchio amico, definizione che di solito usava per i suoi amanti, e in quei casi spariva dai radar. Come mai il suo cellulare era acceso già a quell'ora?

Preoccupata, Libera la chiamò appena salì in auto, ma il telefono squillò a vuoto. Guardò l'orologio: erano le 6.59. La radio trasmetteva le notizie della rassegna stampa intervallate da interviste a giornalisti di diversi quotidiani. A Roma una mamma aveva accoltellato a morte due dei suoi tre bambini, lesse la speaker. A Torino quindici cittadini romeni erano stati condannati per mafia. A Milano una retata aveva permesso di arrestare un pericoloso boss peruviano dal nome sinistro, El Loco.

«Il nostro titolo sarà *Mis-scappa una coltellata*» fece tutto serio Cagnaccio, quando toccò a lui. Ovvio che non aveva voluto rinunciare alla pista passionale e alla foto di Facunda in bikini e fascia. «Ma abbiamo anche uno scoop su una pianta alla cocaina.» Poi, nonostante le pressioni della conduttrice, non si lasciò scappare altro, se non un perentorio: «Andate e saccheggiate le edicole» rivolto agli ascoltatori.

Era un venditore nato, pensò Libera, mentre si destreggiava nel traffico del mattino. Sui capelli, che le cadevano in ciocche disordinate sul maglione, sentiva ancora il profumo della pelle di Gabriele, un misto di acqua di colonia, fumo di sigaretta e bagnoschiuma alla mela.

Anche lei doveva stringere un patto col commissario, pensò, dirigendosi verso l'oasi abituale delle sue riflessioni, i giardini di via Palestro, con la sua collezione di alberi secolari: le querce, i cedri, il platano grande, il cipresso calvo e il bagolaro monumentale. Ma stava ancora percorrendo corso Venezia quando il suo cellulare squillò.

«Salta subito in macchina e raggiungici in zona stazione centrale» le urlò la madre, probabilmente pensando che fosse a casa. «Alma se l'è svignata alla chetichella e la stiamo seguendo. Non è diretta al lavoro perché il palazzo dove fa la badante è qui di fianco. Secondo noi, nasconde qualcosa.»

Aveva detto proprio «noi»? Con chi diavolo era sua madre?

«Ma piantala di sottilizzare e muovi il culo» le strillò per tutta risposta, quando glielo chiese. Poi, rivolta a qualcun altro: «E tu corri o la perdiamo.»

Libera percepì il rombo del motore che saliva di giri e lo

stridio delle gomme. D'istinto, fece una spericolata inversione di marcia e riprese corso Buenos Aires verso la periferia.

«Se non mi dici con chi sei, non vengo» mentì.

«Sono con il tuo amico cuoco, darling.»

Con Furio? Le mani di Libera sussultarono sul volante. «E perché hai coinvolto anche lui?»

«Perché sono già coinvolto, Libera, e tu lo sai benissimo» si intromise, a sorpresa, l'uomo, facendola trasalire. Quella peste di Iole aveva messo il vivavoce. Il cuoco continuò: «Così, per una volta, sarai tu a corrermi dietro.»

«Piantala di fare il cascamorto e pensa a guidare» tagliò corto sua madre, zittendolo. Poi, rivolta a lei: «Mi serviva un po' di compagnia maschile per un appostamento. Io, Furio e Diego abbiamo passato la notte sotto la casa di Franca come i veri detective dei film.»

C'era anche Capistrano! Allora non era fuggito.

«Veramente, lei ha dormito nella reggia della sua amica dove, tra l'altro, si è cambiata d'abito. Siamo noi che abbiamo montato la guardia in auto» la corresse Furio ridendo. La sua voce era affannata ma briosa, come quella di un bimbo di sei anni che dà il conteggio ai compagni mentre giocano a nascondino.

Sapevano in che guaio si stavano cacciando quei tre? Con la 'ndrangheta non si scherza. Libera capì che non sarebbe riuscita a fermarli. Non le restava che cercare di limitare i danni.

«Non fate niente prima che io e la Smilza vi abbiamo raggiunti» intimò severa. Poi mise giù e chiamò la giornalista in redazione.

«La raggiungo in metropolitana. È più veloce» fece lei.

Alle sue spalle, Libera sentì distintamente il *Dog* strillare: «Ti tengo una pagina per la seconda edizione. Datti una mossa, Smortina.»

Neanche due giorni, pensò Libera, le mani strette sul volante, lo sguardo fisso davanti a sé, cercando di pressare le auto in coda perché le facessero spazio. Non erano passati neanche due giorni dal suo ritorno dall'Elba e già si trovava invischiata in una nuova indagine, addirittura in un inseguimento, in compagnia del Gatto e di Furio per di più.

Succedeva sempre così nelle inchieste. Bastava il movimento di un sasso a far rotolare a valle una frana, dopo un periodo di stasi. Quel sasso, per la polizia, era stato il ritrovamento del corpo di Alì. Per loro, invece, la notizia della pianta rubata. Così ora in questura venivano torchiati i probabili assassini del tunisino, mentre loro pedinavano la moglie dello scomparso. Erano due strade che sembravano scorrere parallele, ma che avevano un'origine comune. Per fortuna, l'inseguimento le avrebbe tenute lontane dallo scenario su cui si muovevano Gabriele e il compagno di Irene.

Eppure la velocità che avevano assunto gli eventi, il corso accelerato delle cose, la atterriva.

Appena la Smilza fu salita in auto, Libera richiamò la madre, mettendola a sua volta in vivavoce. «Dateci la vostra posizione» ordinò.

«Cinisello Balsamo. La tipa ha parcheggiato cinque minuti fa. È entrata di corsa in un centro commerciale.»

Un centro commerciale? Possibile che Alma si fosse accorta dei suoi inseguitori e stesse cercando di seminarli? O invece era semplicemente in giro per commissioni e i tre si erano fatti un film sbagliato?

«È uscita con due mega sacchetti. Si guarda in giro sospettosa» strillò poco dopo la madre. Poi, rivolta probabilmente al Gatto: «Stai giù, che ti riconosce. Ora si dirige verso il sottopasso di Monza.»

«Arriviamo.» Libera pigiò sull'acceleratore.

«Ha preso la statale 36. Correte.»

Fosse facile, pensò lei, lanciandosi in una serie di sorpassi davvero azzardati per il suo stile di guida solitamente prudente. Sull'altra corsia le auto dirette a Milano avevano formato il solito ingorgo, ma anche qui non si scherzava.

«Di nuovo la statale 36» sussurrò Irene, con espressione perplessa.

Già, di nuovo la statale 36. Che cosa ci faceva Alma sulla

strada che tra l'altro portava a Oggiono, il paese di Alì, e a Lecco, il regno del tarchiato? Possibile che cercasse uno dei vecchi compari del marito? Senza saperlo, stava andando a infilarsi nella tana del lupo?

«Da quanto ne so io, Hamma spacciava solo a Milano» disse la giornalista, perplessa.

Intanto, dall'auto di Furio, continuavano ad arrivare le indicazioni del suo tragitto, che la Smilza seguiva sulla mappa. Minuto dopo minuto, la Panda di Libera guadagnava terreno. Ora erano a quindici chilometri di distanza.

«Siamo a Verano Brianza» fece il cuoco. «La strada diventa a due carreggiate. Ci tocca rallentare o si accorge che la pediniamo.»

A Nibionno, la vecchia Ritmo guidata da Alma uscì dalla statale 36.

Iole snocciolò i nomi dei paesi che si lasciava alle spalle in una sorta di guida turistica delle colline brianzole: Bulciago, Dolzago, Oggiono.

Oggiono!, trasalì Libera.

Ma l'auto verde superò il paese di Alì senza accennare a fermarsi. La Panda l'aveva quasi raggiunta quando dal suv del cuoco arrivò l'urlo strozzato di Iole: «Attento al trattore, Furio, attento. Vai, superalo sulla destra. Ma metti il turbo, cazzarola», seguito, poco dopo, da uno sconsolato: «Pure le pecore ci mancavano.»

Ma il suono stizzito del clacson non sortì l'effetto desiderato, se alla fine sua madre concluse: «L'abbiamo persa.»

12

Intrigo alla città dei balocchi

Si trovavano a Villa Vergano, una frazione del comune di Galbiate arrampicata sul fianco occidentale del monte Regina.

«Che pace» si lasciò sfuggire Libera, posteggiando l'auto accanto a quella del cuoco nella piazza che divideva i due nuclei dell'abitato, di fronte a un bar e di fianco alla pensilina dell'autobus per Lecco e Annone. Le campane della chiesa parrocchiale di San Pietro e Paolo battevano le otto e mezza del mattino. L'aria era frizzante, il cielo limpido tanto quanto a Milano era stato imbronciato. Merito della brezza che spirava da sud. Lungo la strada, che saliva a tornanti da Galbiate, lo sguardo di Libera si era perso tra i prati di erba verdissima a strapiombo sul lago.

«Questo è un paesaggio da *Promessi sposi*» fece sognante, guardando giù a valle.

«Ohei, sospirosa! Smettila subito di belare. Mica siamo in gita turistica» la rimbrottò sua madre, che era saltata giù dal suv del cuoco con addosso una tuta nera modello Eva Kant sotto un giaccone di ecopelle. «Avanti, cerchiamo quel rottame di macchina. La tipa deve averla parcheggiata per forza in uno dei cortili qui intorno. Non sarà difficile scovarla. Non siamo certo a Manhattan.»

Libera trasalì, strappata al suo stato contemplativo: la rustica bellezza del paesaggio l'aveva distratta per un istante dal pensiero dei due uomini che erano in auto con sua madre,

Furio e Capistrano, uomini a cui teneva, in modo diverso, e che in modo diverso le sfuggivano. Il cuoco, per esempio, nonostante le schermaglie di poco prima, l'aveva salutata a malapena quando l'aveva vista. Si era allontanato un po' dal gruppo e ora sembrava molto preso da una conversazione telefonica.

«Una tizia l'avrà chiamato quattro volte» le sussurrò Iole, maestra nell'arte di mettere il dito nella piaga. «Secondo me è una specie di Bostik. Datti una mossa se vuoi farci un giro.» Poi, cambiando bruscamente argomento, come faceva spesso: «Ma perché Alma si sarà spinta quassù, alla fine del mondo conosciuto?»

«Forse sta andando a trovare il marito» ipotizzò il Gatto, pensieroso, lanciando uno sguardo ai vicoli stretti che partivano dalla piazzetta, al cimitero su in cima, alla strada che si apriva tortuosa tra le colline. «Mi sembra un posto perfetto per uno che fugge.»

E lui doveva intendersene, si disse Libera, osservandolo di sottecchi: l'uomo stava in piedi, immobile, a un passo da Iole. Ma la sua era la calma apparente che nasconde la tensione di chi è pronto allo scatto. Era incredibile come, nonostante l'altezza, riuscisse a mimetizzarsi con l'ambiente, ad apparire e sparire inosservato.

All'improvviso, sentì addosso il suo sguardo. Per la prima volta da quando si erano incontrati la stava osservando con autentico interesse. Chissà come mai.

«Il paese ha mille e cento abitanti e duecentosessantun edifici, di cui duecentoventitré sono case.»

Irene lo annunciò dopo aver consultato velocemente il suo iPad. Snocciolava dati come un impiegato del catasto. «Dobbiamo dividerci: io e la signora Cairati ci prendiamo le abitazioni di Vergano, qua sopra. A voi lasciamo quelle di Villa, a partire da via Roma», e indicò una stradina che scendeva sulla sinistra. «Sono vostri anche gli edifici isolati a valle.»

«Io vengo con voi» la corresse Iole, marciando decisa verso la Panda. «Primo, perché le Miss Marple del Giambellino indagano sempre insieme. E secondo perché se questo è il centro», e si guardò intorno con aria scettica, «la periferia me la risparmio volentieri.»

Ovvio, pensò Libera. Nonostante fosse nata a Colico, un paese sospeso tra lago e montagna, sua madre era un animale metropolitano. Non sentiva la poesia dei luoghi bucolici e, a differenza sua, non amava le camminate in campagna o nei boschi, se non in compagnia di qualche bel fustone. Ma anche in quel caso, preferiva di gran lunga le maratone cinematografiche o culinarie a quelle reali. «Meglio goderecci che sportivi» diceva.

Prima di salire in auto, la donna attirò a sé la figlia e le sussurrò all'orecchio: «Hai visto che maschietti mi sono portata dietro? Vedi di non farteli scappare questa volta.»

Poi si accomodò al suo fianco, scalzando la Smilza.

Percorsero la strada che saliva a tornanti dal cimitero, tra case anni Settanta e rustici ristrutturati, sterzarono sulla destra e presero via Manzoni, sbucando davanti a una chiesetta dedicata a San Rocco. Batterono palmo a palmo tutta la frazione senza incontrare anima viva. Percorsero le stradine acciottolate fino ai terrazzamenti dove spiccavano piante da frutto, piccoli orti e macchie di girasoli sfioriti. Attraverso archi di pietra e portoni in legno, spiarono dentro cortili tappezzati di edera, in cui erano ammassati macchinari agricoli e utilitarie, tra vasi di gerani e di lavanda e tralci di rose rampicanti.

Con piglio deciso, Iole si avviò verso un gruppo di rustici affacciati su un torrente: «Vicolo chiuso» commentò, ironica, addentrandosi in una sorta di caruggio fresco e buio e mettendo in fuga un gatto rossiccio. «Qui il rottame nemmeno ci passa.»

Mezz'ora più tardi le tre donne si ritrovarono con Furio e Capistrano nella piazza da cui erano partite. «Scoperto qualcosa?»

Il cuoco scosse il capo. «Casette color pastello. Un lavatoio in pietra. Tre damigiane. Un gallo isterico e qualche macchina» elencò. «Ma della Ritmo di Hamma neanche l'ombra.»

Erano tornati al punto di partenza, insomma, come in una partita a Monopoli stregata.

«Almeno infiliamoci nel bar» propose Iole, con una smorfia delusa. «Offritemi un drink per tirarmi su.» Si stava già avviando verso la palazzina arancione vegliata da giganteschi cespugli di ortensie, quando il cellulare della Smilza squillò. La ragazza guardò il display e si allontanò per rispondere. Parlava a voce bassissima.

«Ahi, ahi» esclamò Iole, dando di gomito a Furio. «Chi vi sopporta più, voi giovani innamorati, sempre incollati a quell'arnese?»

L'uomo lanciò un'occhiata furtiva a Libera, che lo stava osservando. «Magari fossi giovane» provò a ribattere, con una risatina stonata. Si teneva a distanza da lei, ma prima, quando erano scesi dall'auto dopo l'infruttuoso sopralluogo in paese, aveva avvicinato il viso ai suoi capelli: «Sai di mela come il commissario» aveva detto.

Quando ebbe chiuso la comunicazione, la Smilza tornò verso il gruppo. «Il nipote di Talarico ha confessato» annunciò. «A quanto pare, suo zio sospettava che Alì si appropriasse di piccoli quantitativi di droga per rivenderla in proprio, così ha pensato che avesse approfittato della rissa per fare il colpo grosso. Non credeva alla storia della pianta rubata e non voleva ucciderlo, o almeno così sostiene. Solo fargli confessare dove teneva la roba.»

«Seee» commentò Iole, scettica.

«L'anello gliel'ha strappato per sfregio. Perché Alì lo usava per fare il piccolo boss con la sua corte e Talarico non sopportava che si desse tante arie.»

Dopo l'omicidio, il tarchiato e il nipote avevano rubato alla loro vittima le chiavi di casa e avevano ispezionato meticolosamente il suo appartamento a caccia della droga, ecco perché la Colombo Fumagalli aveva trovato i sigilli allentati. Solo in seguito, i due avevano cominciato a pensare che il pugile avesse ragione quando accusava Hamma di averlo fregato. Ma ormai era troppo tardi, perché Alì era già morto e Hamma in fuga. Per questo, Talarico aveva cominciato a sorvegliare la famiglia del tunisino e aveva messo a soqquadro la sua casa. Si trattava di un messaggio allo scomparso: o rendi subito il maltolto o faremo del male ai tuoi.

«Ma non aveva fatto i conti con le Miss Marple del Giambellino che gli hanno messo i bastoni tra le ruote» gongolò Iole, impettendosi come un galletto. Poi prese il cuoco sottobraccio e lo trascinò verso il bar. «Dai, che si festeggia l'arresto dei cattivi. Un bel brindisi a prosecco ci sta.»

Mentre si avviavano, la Smilza sussurrò a Libera che il pentito aveva fatto altre ammissioni. «Roba grossa, mi dicono, che necessita un intervento immediato. Beppe e il dottor Ricci stanno andando sul posto in forze.»

Il dottor Ricci, cioè Gabriele. Libera sentì che la voce le tremava: «In quale posto vanno? Sarà un'operazione rischiosa?»

Irene scosse il capo. «Non lo so.»

Già. Il suo patto con il compagno non prevedeva favoritismi.

«Non lo so» ripeté la giornalista pensierosa, «ma è possibile.»

Una volta dentro il bar, Iole non fece fatica ad attirare l'attenzione dei tre perdigiorno che stazionavano sulle sedie in plastica arancione, offrendo loro una birra al grido di «Paga mia figlia». Ma, benché ciondolassero lì dal mattino, nessuno dei tre aveva notato in giro un'auto simile a quella di Hamma.

«Qui siamo quattro gatti e il controllo sociale è alto» rise il barista, un omone sui sessant'anni, fasciato in un grembiule oversize su cui faceva bella mostra di sé la scritta ottimistica: UN UOMO SENZA PANCIA È COME UN CIELO SENZA STELLE. Servì a Libera e alla Smilza il tè che avevano chiesto e stappò una bottiglia per gli altri. Capistrano non toccò il suo calice.

«Comunque se mi lascia il suo numero» ammiccò il barista rivolto a Iole, presentandosi come l'Adalgiso, «la prima macchina sospetta che vedo, la chiamo.»

«Eccolo» rispose lei, sorridendo. Scrisse qualcosa su un tovagliolo con un rossetto rosso. Poi fece un giro dietro il bancone e si mise a studiare il rettangolo di plexiglass incorniciato che faceva capolino tra le teiere e i boccali per la birra.

«Molto carine.»

Con l'unghia scarlatta, indicò le vecchie fotografie del locale. Tutte avevano come protagonista assoluto l'Adalgiso con quarant'anni e quaranta chili di meno, in posa davanti alla macchina per il caffè o mentre rimestava la polenta taragna in un paiolo o esibiva un luccioperca da guinness dei primati. In un paio di scatti, l'uomo ballava stretto stretto a una bionda cotonata ed era quasi irriconoscibile nel suo abito della festa con cravattino.

Iole strinse gli occhi per osservare meglio una foto: «Ma io questa balera qui la conosco» trillò, indicando una balconata sfarzosa. «È la pista all'aperto del Salone delle feste di Consonno. Mi ci ha portato anni fa Cicci Ussaro, un tipetto con la grana, dopo un weekend all'hotel Plaza.»

Istintivamente, Libera alzò gli occhi al cielo. Mancavano giusto le memorie erotiche della madre a concludere degnamente quella mattinata.

«Era un posto strabiliante» stava declamando la donna. «Una specie di Las Vegas brianzola, con il trenino panoramico, l'autoscontro, campi da tennis e da bocce, pista di pattinaggio, addirittura un missile montato su una pagoda. E che lusso, ragazzi!» Al ricordo, sospirò di piacere.

«Per non parlare del luna park e dello zoo» rincarò la dose il barista. «Il conte romano che lo ha costruito aveva perfino fatto spianare una collina perché i suoi ospiti potessero ammirare la cresta del Resegone.»

Spianare una collina? Libera inorridì, mentre l'Adalgiso stappava un'altra bottiglia e allungava un calice a sua madre. «Ma dopo la frana del '76, Consonno è diventata una città fantasma. Il bosco se la sta mangiando a poco a poco.»

«Che peccato, la balera e il minareto erano una vera favola» fece Iole. Trangugiò il suo vino in un sorso, poi allungò di nuovo il calice. «Cicci la chiamava la "città dei balocchi", come quella di Pinocchio.»

Veramente quello di Pinocchio era il paese dei balocchi, non la città, la corresse mentalmente Libera, grande amante di Collodi, mentre un ricordo le ronzava nella mente senza che riuscisse ad afferrarlo.

Balocchi, balocchi: chi aveva usato quel termine?

«Iole, mi scusi. Ha detto proprio "minareto"?»

Presa da un sospetto fulmineo, Irene aveva estratto il cellulare e cercato su Facebook il nome di Alì, studiando la foto di copertina del suo profilo. Tra le lamiere di edifici in rovina, svettava la torre di una moschea, che forse non si trovava in Maghreb, come lei e le altre avevano creduto.

«È questa Consonno, vero?» chiese al barista, mostrando il telefonino. Lui annuì e tese il braccio in direzione della finestra. «Si trova là, a quattro chilometri.»

Fu in quel momento che il cervello di Libera smise di ronzare e finalmente lei acchiappò il ricordo fuggitivo: «Hamma ha detto al figlio di aver ricevuto il suo anello nella città dei balocchi.»

«Andiamo» fece il Gatto, avviandosi verso la porta.

La Panda di Libera correva verso la città fantasma, mentre il *Dog*, che avevano messo in vivavoce, impartiva ordini, già pregustando l'esclusiva: «Sono sicuro che la tipa è andata a portare i viveri al marito latitante. Fagli una foto, Smortina, e mi raccomando, non dimenticarti della pianta.»

«Dubito che Hamma si sia portato dietro la sanseveria» tentò di obiettare la ragazza. Inutilmente.

«La pianta fa colore e la voglio. Al limite la metto tarocca.»

E con questo, pensò Libera, Cagnaccio aveva ribadito la legge cardine del giornalismo popolare: è la foto che conta. Senza una foto, la notizia vale poco o nulla.

Fu un tragitto breve. A un chilometro dalla loro meta, una sbarra chiudeva alle automobili la strada dissestata che scendeva alla città fantasma attraverso un fitto bosco di robinie, conifere e betulle. La Ritmo verde era parcheggiata pochi metri più sotto, seminascosta dietro un cespuglio. Era l'unica auto, a quell'ora del lunedì.

«Buttiamo giù la sbarra e proseguiamo in macchina?» propose Iole, impaziente di arrivare.

«Ma così metteremmo in allarme Hamma.»

«E allora gambe in spalla e zitti muti» fece l'unica di loro che non taceva mai.

La strada costeggiava il muro di contenimento della frana. Il sole, che filtrava a malapena tra i rami, illuminava i disegni osceni e le scritte contro la polizia che sfregiavano l'asfalto, souvenir – aveva spiegato l'Adalgiso – del rave party che nel 2007 aveva assestato il colpo mortale ai fasti della città dei balocchi. Quando arrivarono all'obelisco all'ingresso, Iole trasalì violentemente. Era la sola ad aver conosciuto Consonno quand'era ancora una specie di Disneyland tra i boschi e ora il confronto doveva risultarle amaro.

«Che sfacelo» si lasciò sfuggire, osservando le lamiere arrugginite di quella che era stata la galleria commerciale, i muri pericolanti del Grand Hotel, le fontane asciutte, le colonne invase dai rampicanti, gli stabili privi di infissi e di tetto. Un rumore sinistro di vetri infranti accompagnava i loro passi mentre ispezionavano scheletri di fabbricati coperti da murales. Giganteschi occhi senza palpebre, teschi e figure stralunate, metà uomini e metà animali, li osservavano dai muri diroccati.

All'improvviso un forte grido di donna arrivò dall'unico edificio apparentemente in buono stato, la chiesetta di San Maurizio, in fondo al piazzale. L'urlo si ripeté, angosciato, seguito dal tramestio come di una lotta.

«Avverto la polizia» disse Irene, agitata.

«Non faranno in tempo ad arrivare.»

Il Gatto si era già lanciato verso il cancello che chiudeva il giardino della chiesa, a strapiombo sul burrone. Libera istintivamente lo seguì, sentendo alle sue spalle che anche gli altri correvano. Che cosa stava succedendo dietro quel cancello arrugginito?

«No, vi prego!» strillò di nuovo la donna, con una voce piena di paura.

Quando il Gatto riuscì ad aprire il cancello, quasi strappandolo dai cardini, Libera udì distintamente la bestemmia pronunciata da una voce maschile all'interno.

Da lontano si alzò un rumore di sirene. Poi il rombo di motori che si avvicinavano. Qualcuno doveva aver abbattuto la sbarra per fare prima.

«Fermi tutti» urlò Capistrano. Da dietro le sue spalle, Libera riuscì a scorgere, accanto alla ruota di un Apecar scassato, il corpo di Alma, disteso tra i sacchetti della spesa, con un uomo addosso.

È strano, pensò, che nei momenti dolorosi o in quelli di pericolo il nostro occhio registri dettagli all'apparenza banali, come se il cervello non volesse arrendersi all'evidenza. Lei fu colpita dal fusto dell'albero di sambuco che aveva messo radici tra le lamiere dell'Apecar e dalla scatola di fagioli rotolata fuori dal sacchetto, vicino alla scarpa sinistra di Alma. Gli occhi sbarrati della donna fissavano il suo aggressore mentre cercava di divincolarsi. Distratto dal rumore del cancello e dalla voce di Capistrano, l'uomo si girò di scatto verso i nuovi venuti. Libera vide distintamente la sua schiena torcersi, il braccio destro allungarsi. In mano, stringeva una pistola.

Fu questione di un attimo. Lo spintone del Gatto la fece rotolare a terra.

Mentre la vista le si annebbiava, sentì una sensazione di freddo intenso al capo, poi un dolore lancinante. Il lamento delle sirene le trapanava il cervello, mescolandosi al pianto di una donna, a grida confuse – «Alt! Stop!» – e a spari.

Poi qualcuno imprecò: «Che cazzo ci fa qui, il cuoco?»

Era Gabriele, si disse Libera sgomenta, mentre gli occhi le si chiudevano e la coscienza svaniva.

Così, non lo sentì urlare forte il suo nome.

13

L'amore è il tallone d'Achille

La prima cosa che Libera notò, quando riaprì gli occhi, fu il mazzo di rose sistemate in una bottiglia di plastica sul davanzale di un finestrone sconosciuto. Erano dodici splendide *Red Paris* e il loro rosso intenso, tra il rubino e il granata, vibrava sul grigio plumbeo di un cielo coperto da nuvole basse.

Libera cercò di ruotare il capo, per capire dove si trovava, ma una fitta dolorosa alla tempia glielo impedì.

«Buongiorno» sussurrò una voce alla sua destra.

La mano di Vittoria prese la sua, mentre la ragazza spostava la sedia più vicina al letto in cui lei era distesa. Un letto d'ospedale, scoprì dall'ago della flebo che le usciva dal braccio.

«Ci hai fatto prendere un bello spavento, mamma.»

Nella nebbia che le oscurava la vista, regalando agli oggetti contorni indefiniti, Libera notò quanto fossero gonfi gli occhi della figlia, occhi dal taglio allungato, quasi orientale, e si stupì della gentilezza del suo tocco. Forse la paura che aveva provato aveva fatto dimenticare a Vittoria, almeno per qualche ora, la rabbia che di solito le suscitavano le bravate sue e della nonna.

Cercò di articolare qualche parola, ma le uscì solo uno scomposto: «Che succede?»

«Zitta.» Le dita di Vittoria si posarono sulle sue labbra. «Prima parlo io.»

Le disse che un pentito – il nipote di Talarico, tradusse

mentalmente Libera – aveva raccontato alla polizia di una spedizione punitiva contro un piccolo spacciatore, colpevole di aver rubato un certo quantitativo di droga (e questo era certamente Hamma).

La spedizione aveva come meta Consonno, la città fantasma dove il pusher si nascondeva, il luogo in cui era stato affiliato, mesi prima, con una grottesca cerimonia di iniziazione.

«Ma quando i sicari del boss sono giunti sul posto, attraverso il bosco, lo spacciatore se l'è squagliata e a loro non è rimasto che prendersela con la moglie.» Vittoria scosse il capo e continuò: «Noi eravamo corsi lì per sventare l'agguato e invece ci siamo trovati voi ficcanaso in mezzo ai piedi.»

Libera sprofondò nel cuscino. Sentiva le palpebre pesanti per il sonno. Davanti allo schermo della mente le comparvero lampi di immagini: la corsa verso la chiesetta, gli occhi sbarrati di Alma, a terra. La bocca della pistola.

La pistola!

Con un brivido di terrore, provò a muovere le gambe. Le sentiva ancora.

Poi cercò di sollevare la mano verso la tempia. Era bendata.

«Sei stata ferita solo di striscio, praticamente è un graffio. Ma la caduta che ti ha salvato la vita ha provocato una commozione cerebrale.»

In un lampo, Libera rivide le mani del Gatto che la spingevano, facendole perdere l'equilibrio.

«Dovrai stare calma per un po' e soprattutto niente indagini casalinghe, mamma. Me lo prometti?»

Niente indagini casalinghe. La frase di Vittoria non ottenne risposta. Libera sbatteva le palpebre mentre nel suo cervello si affollavano, in ordine sparso, altre immagini: il murale con il teschio sdentato, il bosco, sua madre che guardava le vecchie foto al bar, un boccale di birra, la cupola del minareto, le inferriate arrugginite della galleria commerciale. E le immagini sollevavano mille, dolorosi, interrogativi. Come se l'era cavata Capistrano? Che cosa avevano raccontato Iole e gli altri alla polizia?

Libera deglutì a fatica.

Quanto sarebbe stato arrabbiato Gabriele con lei?

«Ho capito, non vuoi promettere.» Vittoria sospirò, rassegnata. «Ma appena starai un po' meglio dovrai farlo.»

Sentendo che un milione di spilli le pungevano il capo, Libera annuì.

«E adesso puoi raccontarmi che cosa ci facevate lì?»

No, non poteva. Primo, perché ricordava solo a sprazzi. Secondo, perché non riusciva a tenere gli occhi aperti. Terzo, ma questo non lo confessò, perché non voleva contraddire sua madre o Furio o, peggio, Irene, che sicuramente non erano stati del tutto sinceri con la polizia.

Forse le conveniva approfittare di quell'inedita condiscendenza della figlia. «Sono così confusa» balbettò. «Che cosa hanno detto gli altri? Magari mi aiuta a ricordare meglio.»

«Ah! Vuoi la versione concordata?»

Spaventata o meno, Vittoria restava pur sempre una brava poliziotta e non le piaceva essere presa in giro.

«Sia la nonna sia il cuoco hanno raccontato di essersi messi sulle tracce di quell'Hamma per fare un favore a un vecchio amico di lei. Ma di questo presunto amico non abbiamo trovato traccia sul posto e, a quanto pare, nessuno ricorda il suo nome.»

Alla faccia dell'amicizia, sembrò voler dire con la sua espressione più scettica.

Insomma, Iole e Furio avevano cercato di proteggere il Gatto, che era riuscito a eclissarsi all'arrivo della polizia.

«Inoltre la nonna giura di aver chiesto un passaggio al cuoco perché tu non volevi aiutarla.»

«Ma allora che cosa ci facevo lì anch'io?»

L'aveva chiesto più a se stessa che alla figlia. Quella parte della storia non la ricordava proprio. Si era fatta trascinare da Iole, come al solito?

Il dolore lancinante al capo non poté soffocare la vocina interna che la rimproverava. Perché stava dando la colpa alla madre, quando era lei che non riusciva a smetterla di farsi i fatti altrui?

«E poi c'è quella giornalista, la Milani...»

Per fortuna sua figlia, a differenza di Irene, non sembrava capace di leggere i pensieri altrui. «Ce la ritroviamo sempre tra i piedi ultimamente.»

Ora Vittoria si era piegata su di lei e la scrutava, severa. «A quanto pare, è arrivata a Consonno per caso, studiando la pagina Facebook dell'ammazzato. Ma è proprio una strana coincidenza di tempi e luoghi che ci sia arrivata assieme a voi, o no?»

Stranissima, le fece eco Libera, con un movimento del capo che le provocò una fitta dolorosa. Sentì che le palpebre le si abbassavano ancora, ma non voleva addormentarsi.

«E, soprattutto, come ha fatto ad arrivare a Consonno senz'auto? Volando?»

«Non lo so.»

Libera sospirò. Detestava le bugie e quella lo era a tutti gli effetti. Da qualche minuto, le saettavano infatti davanti agli occhi, come lampi intermittenti, immagini della Smilza seduta al suo fianco, durante il viaggio.

«Comunque l'ha raccontata così ai suoi lettori, come una pura coincidenza. Ed è una tipa molto convincente.»

Dalla tasca della divisa, Vittoria estrasse una copia della *Città* malamente piegata e la sventolò sotto il naso della madre. Lei ebbe un fortissimo conato di vomito quando tentò di aguzzare la vista, ma riuscì lo stesso a leggere il titolo del *Dog* – *Le Miss Marple del Giambellino incappano nell'assassino* – sparato a nove colonne sopra un reportage sull'operazione di Consonno. «Mentre noi correvamo dietro ai delinquenti del commando, quella lì aveva il tempo di fotografare, di nascosto, la scena del crimine. Ha inviato le immagini in redazione prima che ce ne accorgessimo.»

Con la testa che le girava come se si trovasse sul seggiolino di una giostra, Libera allungò una mano per afferrare il giornale, ma lo mancò. Riuscì solo a leggere la data in alto a destra: mercoledì 29 ottobre 2014.

«Sono già passati due giorni?» chiese, con un filo di voce.

Vittoria appoggiò il quotidiano sul letto. «Ti hanno riempita di sedativi.»

Poi inspirò profondamente e rimase in silenzio qualche istante, prima di riprendere il discorso: «Anche se ha tentato di non farsi notare, Ricci è venuto qui tutte e due le notti.» Riservata com'era, doveva pesarle moltissimo parlarle in quel modo. «Sei sicura di quello che stai facendo, mamma? A febbraio gli nascerà un figlio da un'altra.»

No, non lo era.

Libera chiuse gli occhi e si perse nei ricordi dei tre giorni all'Elba con il commissario: i baci, le risate, le cene preparate insieme, il sesso. Mai, nei suoi quarantasei anni di vita, aveva desiderato un uomo con uno struggimento pari a quello che le provocava il solo vederlo. Eppure la loro relazione sembrava incontrare mille ostacoli, a partire dall'aperta ostilità della figlia per finire con la promessa che il commissario aveva cercato inutilmente di estorcerle: quella di smetterla con le sue inchieste da detective dilettante. Ma Libera amava indagare – ne fu certa in quell'istante di spaventosa vertigine – almeno quanto amava lui.

E poi c'era il bambino. Come poteva una donna che alla sua età non aveva ancora rinunciato a cercare il padre, privare un figlio del suo?

Una lacrima le scivolò sulla guancia, la mano di Vittoria strinse la sua.

«Nonna mi ha detto di darti questa» disse, allungandole una busta. «Secondo me, la ficcanaso l'ha aperta con il vapore, la linguetta mi sembra fuori posto.»

Libera la rigirò tra le mani: si trattava di una comune busta bianca su cui era scritto solo il nome e l'indirizzo del destinatario, ma non il mittente. Doveva essere stata consegnata a mano perché non aveva francobollo.

«È arrivata con le rose?» chiese, indicando i fiori sul davanzale.

«No.»

«A proposito, chi le ha portate?»

Vittoria sorrise. «Ricci? Quel cuoco? Il misterioso amico di nonna? Quanti segreti nascondi, mamma?»

Troppi, pensò lei, posando la busta sul comodino per salutare Vittoria che andava via. Sopra, appoggiò la copia della *Città* lasciata dalla figlia. Avrebbe voluto leggere l'articolo della Smilza, ma la testa le faceva troppo male. Allora chiuse gli occhi e in un istante si addormentò.

«Buone notizie, Bella Addormentata» fece tutta allegra l'infermiera che svegliò Libera, ore più tardi, per cambiarle la flebo. «La seconda tac ha dato esito negativo. Non c'è edema. Se questa notte la passa tranquilla, domani la dimettiamo.»

La donna, una biondina minuta con le sopracciglia costellate di piercing e un cartellino appuntato sul petto che la indicava come Ramona, sfilò un foglio dalla tasca della divisa. «Ho dovuto prendere nota dei nomi dei suoi visitatori» rise. «Lei è più richiesta del papa.»

Mentre Libera dormiva, disse, erano passati a trovarla sua madre, la sua amica fioraia, il fidanzato di Vittoria e la Franca. E poi Furio («quel bell'omone» lo definì l'infermiera), una tipa tutta ricci che non aveva voluto lasciare il suo nome e una mezza dozzina di giornalisti, tra cui la Smilza. «Ma li abbiamo cacciati tutti» aggiunse la donna: «Via di qui, quegli sciacalli.»

«E un uomo anziano, molto alto, è venuto?» chiese Libera, in preda a un'assurda speranza.

La biondina scosse il capo. «No. O, almeno, io non l'ho visto. Ma una degli sciacalli ha insistito per lasciarle questo. Dice che l'ha perso quand'è stata ferita.»

Era il suo cellulare.

Irene doveva averlo messo al sicuro, nel parapiglia, temendo che qualcuno – la polizia!, rabbrividì Libera – potesse trovarlo e scoprire i suoi maneggi. Forse aveva intuito più di quanto lei immaginasse del suo tormentato rapporto con il commissario.

«Posso usarlo?» chiese all'infermiera.

«Solo se parla in vivavoce.»

Prima che la donna la lasciasse per andare a occuparsi degli altri pazienti, Libera le fece la domanda che le bruciava in gola da quando aveva aperto gli occhi: «Sa chi ha portato le rose?»

Lei si avvicinò al davanzale. «Me l'hanno chiesto anche l'omone e il suo fidanzato» rispose, ridacchiando.

Era la prima volta che qualcuno usava quella definizione per il commissario.

«Non è il mio fidanzato» cercò di ribattere Libera.

L'infermiera le fece l'occhiolino: «L'ha detto anche lui.»

Dopo che la donna fu uscita, approfittando del fatto di essere sola in camera, Libera accese il cellulare e chiamò la Smilza.

«Ah, finalmente! La gran dama si è degnata di telefonare» berciò la voce del *Dog* quando la giornalista rispose. Nulla di quanto accadeva in redazione sfuggiva al suo controllo.

Probabilmente l'uomo aveva ordinato a Irene di metterla in vivavoce perché fu lui a chiederle: «Allora, come si sente? Quando rientra in azione? Ce la concede un'intervista dal letto d'ospedale, tutta bendata come una mummia egizia?»

Libera sospirò. «Non credo che sia il caso.»

«E allora si faccia queste quattro chiacchiere da donne con la Smortina e me la molli in fretta, perché ha da fare.»

Passarono un paio di minuti prima che la ragazza ricominciasse a parlare. Doveva aver abbandonato il salone della cronaca per ritagliarsi un po' di privacy. «Hamma è stato beccato stamattina su un treno per Ventimiglia» sussurrò. «Aveva ancora con sé una parte della droga rubata ad Alì. A quanto pare, mandava la moglie in giro a cercare acquirenti, ma gliene consegnava pochi grammi per volta, perché non si fidava di lei.»

Un vero galantuomo, il papà del ragazzino. Vigliacco al punto di lasciare la moglie nelle mani dei sicari di Talarico e darsela a gambe. Se non fosse stato per loro e per la polizia, povera Alma.

«Anche lei è stata denunciata, ma a piede libero. Ora è a

casa della Franca con Gianni. È venuta a trovarla, ma non l'hanno fatta entrare.»

Ed ecco chi era la tipa tutta ricci di cui parlava l'infermiera.

Dei sei uomini del commando, proseguì la Smilza, tre erano stati arrestati, uno subito, due nelle ore successive, ma gli altri se l'erano cavata. Come se l'era cavata Pier Agostino Perego, l'imprenditore presso cui lavorava Talarico.

«Secondo Beppe, è lui il referente lecchese del boss Valletonga, ma il nipote di Talarico si è rifiutato di inguaiarlo, tanto il programma di protezione se l'era già guadagnato vendendo lo zio.»

Insomma, un altro galantuomo, si disse Libera, che poi, timidamente, buttò lì: «E Capistrano?»

«Scomparso all'arrivo della polizia. Ma stia sicura che lo ritroveremo, ora che conosciamo il suo punto debole.»

«Quale punto debole?»

«Gianni.»

Libera trasalì alle parole della giornalista.

«Ce l'ha detto lui» fece la ragazza, anticipando la sua domanda. «Ce l'ha detto lui, anche se non a parole, che considera l'amore un tallone d'Achille.»

In silenzio, Libera annuì. Era evidente che un uomo perennemente in fuga dai legami e dai sentimenti non potesse che pensarla in quel modo. Ma l'affetto per un ragazzino che avrebbe potuto essere suo nipote sarebbe stato sufficiente a fargli superare l'atavica paura di fermarsi in un luogo e di appartenere finalmente a qualcosa o a qualcuno? Anche per Iole, in fondo, doveva essere stato così, ma quella paura sua madre l'aveva sconfitta quando aveva scelto di non rinunciare a lei. Per la prima volta, cercò di immaginarsela come doveva essere stata: una giovanissima contestatrice in zoccoli e gonnellone, alle prese con i nove mesi di una gravidanza senza compagno e senza prospettive né desiderio di una regolare vita di coppia. Aveva temuto di perdere la libertà a cui teneva tanto per colpa sua? O aveva sempre saputo che la libertà è una nostra conquista e gli altri non possono né regalarcela né limitarla?

«Non avevo mai visto Iole così turbata come quando lei è caduta a terra» disse Irene.

Dalla nebbia dei ricordi di Libera emerse un singhiozzo di donna.

Possibile? Sua madre non aveva pianto neanche il giorno della morte di Spartaco.

«Nel viaggio di ritorno si è lasciata sfuggire che stava aspettando qualcosa per lei» aggiunse la giornalista salutandola.

«Per me?»

«Qualcosa a cui lei tiene.»

Chissà che cos'aveva combinato quella pazza? Libera tremò al pensiero.

La fine della telefonata con la Smilza fu salutata da una gragnuola di messaggi in ingresso sul cellulare. Erano dei giorni precedenti, quando il telefono era rimasto spento. La cronologia della rubrica le segnalò chiamate di decine di amici e conoscenti, tra i quali almeno un paio di wedding planner che dovevano aver appreso del suo ferimento dai giornali o dai rotocalchi tv – «L'ho vista in barella a *Dentro la cronaca*» aveva detto, tutta gongolante, l'infermiera Ramona. C'erano anche due allarmati WhatsApp della futura sposina in nero: «Non dimentichi il mio bouquet» e «Ahò! Devo preoccuparmi?», seguiti da un perentorio: «Risponda subito!»

Libera rispose, tranquillizzandola. Se il ricovero avesse dovuto prolungarsi, lei avrebbe sempre potuto contare sull'aiuto di Sarah.

Tra tanti messaggi di circostanza, ce n'era anche uno di sua madre: «Hai aperto la lettera?»

Gliel'aveva scritto quel pomeriggio, probabilmente dopo essere andata a trovarla mentre dormiva.

La lettera? Ignorando la fitta che le trapanava il cervello, Libera si girò verso il comodino. Sotto la copia spiegazzata della *Città*, sbucava l'angolo di una busta. L'aveva messa lì e se n'era scordata dopo aver saputo che non riguardava l'anonimo mittente dei fiori.

Libera allungò una mano per afferrarla, ma una voce la bloccò a mezz'aria.

«Sei impaziente di leggere il giornale con le tue avventure?» chiese, serio, il commissario, entrando nella stanza.

Strano! I sintomi erano gli stessi della sindrome del cuore spezzato: dolore al petto, difficoltà a respirare, senso di vertigine, tachicardia. Libera li aveva studiati al corso di pronto soccorso.

Gabriele si sedette sulla scomoda seggiola di ferro accanto al suo letto. Istintivamente lei alzò la mano per accarezzargli la barba ispida e i profondi segni neri sotto gli occhi, ma l'uomo gliela prese e, con gentilezza, gliela riappoggiò sopra la coperta.

«Mi sono spaventato a morte» disse, spettinandosi meccanicamente i capelli.

Il tono di velato rimprovero che c'era nella sua voce le fece salire le lacrime agli occhi.

«Ti avevo chiesto di non farlo più, Libera. Come posso stare con una donna di cui non mi fido?»

Una lacrima le rotolò lungo la guancia. Lei non fece nulla per asciugarla. Il commissario aveva ragione, pensò. Come si fa ad amare qualcuno che tiene nascosto così tanto di sé? Al di là delle azioni sventate di quei giorni – la ricerca frenetica di Hamma, gli appostamenti e gli interrogatori illeciti, quella pericolosa corsa verso un uomo armato di pistola – lei aveva continuato a tacere a Gabriele i suoi pensieri e le sue preoccupazioni, la sua vita intima, insomma: la collaborazione con la Smilza, quel miscuglio di interesse e fastidio nei confronti di Furio, perfino l'esistenza del Gatto. E i segreti, si sa, uccidono l'amore.

«Io avrei voluto parlartene» disse a fatica.

«Di che cosa?» si scaldò il commissario, indicando il comodino e *La Città*. Si era tolto la giacca e arrotolato le maniche della camicia, con l'aria di qualcuno pronto a fare a botte. «Mi volevi raccontare la stessa bugia degli altri? Che vi siete infilati in un caso di omicidio solo per dare una mano a un fantasma del passato di Iole, sempre che esista? La vostra versione fa acqua da tutte le parti.»

Libera inspirò profondamente. «Si chiama Diego» disse a bruciapelo. «E forse è mio padre.»

«Tuo padre?» Il commissario sbarrò gli occhi e la fissò a lungo in silenzio. Temeva gli stesse mentendo? Era arrivata a questo punto la crepa che i silenzi avevano creato tra di loro? «E perché Iole non l'ha raccontato subito?»

«Forse perché questo Diego non è proprio incensurato.»

«Un pregiudicato, già.»

Gabriele annuì pensieroso, poi allungò una mano ad asciugarle una lacrima. Al suo solo tocco, il pianto di Libera si sciolse in singhiozzi.

«Capisco» sussurrò il commissario, come se stesse parlando tra sé e sé. «Ma mi chiedo se ci sia un futuro per noi, con tutto questo passato di mezzo.»

Questo era proprio uno degli astrusi mantra di Rosa Maria. Che il passato, se non veniva guarito, influenzasse il presente con la ripetizione degli stessi schemi di comportamento. Che chi era ossessionato dal tradimento, per esempio, lo attirasse automaticamente. O che chi, come lei, temeva di perdere l'amore, essendo stato già scottato, finisse per rinunciarvi del tutto, pur di non mettersi nella condizione di soffrire di nuovo. Un'amputazione preventiva, la rinuncia al rischio ma anche all'adrenalina che comporta ogni nuova avventura.

Libera tirò su con il naso. Si passò una mano sulle palpebre gonfie. Devo essere un mostro, pensò, spostandosi a fatica su un fianco del letto, dalla parte della flebo.

«Per favore, vieni qui» chiese al commissario. Con la mano batté sulla coperta. Quando l'uomo si sdraiò accanto a lei, il lettino traballò. Libera gli cinse il torace, appoggiò il capo nell'incavo del suo collo e lo baciò, prima di addormentarsi abbracciata a lui.

Si svegliò, acciaccata e dolorante, solo alle quattro del mattino. Il commissario se n'era andato, lasciando sulla coperta l'impronta del suo corpo. Il lenzuolo sapeva di mela, come lui. Libera ci si rannicchiò dentro e piombò di nuovo nel sonno fino all'arrivo di Ramona, che reggeva un vassoio su cui troneggiavano un termometro e un bicchierino pieno di pastiglie.

«Basta sonniferi» la pregò, sollevando a fatica una mano.

La donna rise. «Allora vuole proprio andarsene a casa, Bella Addormentata.» Poi si avvicinò al vaso sul davanzale. Raccolse un petalo caduto. «Ma guardi, c'è scritto qualcosa» disse, sorpresa, sollevandolo verso il finestrone. «Sembra una P di Palermo.»

Curiosa, si alzò sulla punta dei sabot di gomma per studiare meglio i fiori: «Anche qui ci sono delle lettere, guardi.» Dal mazzo, sfilò la rosa centrale e gliela portò, appoggiandola sul cuscino. Libera osservò ammirata la sua corolla regale. In effetti, alcuni dei trenta petali di velluto rosso che la formavano sembravano riportare, nei pressi del calice, piccole lettere scritte con un pennarello nero. Lettere come la P scovata dall'infermiera, che ora se ne stava ritta a fianco del letto, impaziente che Libera decrittasse il messaggio.

«Romantico» sospirò la donna.

Davvero romantico, pensò lei. E l'assalì il senso di colpa perché aveva immediatamente collegato il bouquet a Furio, visto che già in passato lui gliene aveva regalato uno simile. Ma perché il cuoco doveva sempre far capolino nei suoi pensieri? La notte prima, Gabriele non aveva nemmeno accennato al suo nome ma, da un paio di sguardi lanciati al mazzo di rose, Libera aveva capito che anche il commissario attribuiva a lui quella dichiarazione d'amore floreale.

A proposito, qual era il messaggio?

«Per leggerlo dovrò rovinare la rosa» si rammaricò.

«Gliene resteranno comunque altre undici.»

E la curiosità era troppo forte.

Allora, Libera fece ruotare sul suo stelo la corolla vermiglia e cominciò, delicatamente, a sfogliarla.

«Questa è una C» scoprì, strappando un petalo e appoggiandolo sulla coperta. «E qui c'è una A. Ma non so in che ordine vadano messe.» C'era anche un punto esclamativo che, a sensazione, lei sistemò in fondo a quella che doveva essere una frase o una parola.

«Però ci sono un sacco di petali non scritti» commentò scontenta l'infermiera. «Forse bisognerà spiumazzare anche le altre rose.»

Libera lanciò uno sguardo al davanzale. Che peccato, pensò, annusando quella che aveva in mano.

Sulla coperta erano appoggiati sei petali. «P-E-R-A-C?» lesse Ramona dubbiosa, mentre la sua paziente cercava di metterli in ordine. «P-A-R-C-E? Che strano indovinello è mai questo?»

All'improvviso, Libera ebbe un sussulto.

«Non sta bene?» chiese l'infermiera, chinandosi su di lei.

«Ho uno strano bruciore alla bocca.»

Le sue mani cambiarono ancora l'ordine dei petali.

Mentre veniva presa dalle convulsioni, sulla coperta si formò la parola: CREPA!

14

Il nemico nell'ombra

Al soffio umido della Breva, una foglia brunita planò sull'erba della baia di Piona, il cui verde squillante era ormai un tappeto trapunto di diversi toni di giallo. Gli alti platani che la abbracciavano si stavano lentamente spogliando e la cima già innevata del Legnone si stagliava oltre i boschi di castagni e conifere.

Libera si appoggiò allo schienale della panchina e inspirò a pieni polmoni l'aria che profumava di resina e di lavanda, mentre sfilava dalla borsa la copia della *Città* appena acquistata all'edicola sulla via Nazionale.

In prima pagina giganteggiava la sua foto nel letto d'ospedale, sotto il titolo: *Rose al veleno per la Miss Marple del Giambellino.*

Questa volta non aveva potuto rifiutare l'intervista alla Smilza, anche se la cosa aveva fatto infuriare il questore.

Che i petali della *Red Paris* fossero stati cosparsi di aconitina, uno dei veleni vegetali più potenti, l'aveva scoperto un tecnico della polizia Scientifica, dopo che l'infermiera si era insospettita per i suoi sintomi e aveva chiamato i soccorsi.

Una lavanda gastrica e la somministrazione di atropina l'avevano rimessa in sesto, ma il mistero era rimasto. Chi aveva cercato di avvelenarla? La dose di polvere sparsa sulla rosa non era mortale, avevano sentenziato gli esperti, ma si era trattato comunque di un avvertimento. Da parte di chi? Chi era il suo «nemico nell'ombra», come l'aveva definito il *Dog*?

La procura aveva aperto un'inchiesta e, visto che la loro relazione era segreta, Gabriele non ne era stato esentato come invece era successo a sua figlia. Il compito di interrogarla era toccato proprio a lui, assieme al magistrato incaricato, la dottoressa Mimma Arrigoni, una quarantenne spiccia, dal look manageriale e dallo sguardo perspicace. Era stato un interrogatorio faticoso perché la donna era visibilmente indispettita dal fatto che una semplice fioraia avesse l'abitudine di impicciarsi in casi di cronaca nera e perché le domande riguardavano sia le persone che Libera aveva inguaiato con le sue indagini, sia i suoi eventuali ex amanti, corteggiatori respinti o compagni in carica.

«Attualmente sono single» le aveva mentito Libera, lanciando uno sguardo in tralice a Gabriele.

Era una bugia ma, tanto, chi avrebbe potuto sospettare di lui?

«E l'ultima relazione?»

«Risale a molti anni fa.»

«Davvero non ha nulla in corso?» L'Arrigoni si era chinata sul letto, scrutandola con aperta antipatia. «È sicura di non stare proteggendo qualcuno? Guardi che così intralcia le indagini.»

Scuotendo il capo, Libera aveva cercato goffamente di tranquillizzarla, raccontandole la sua vita di vedova con una bimba piccola e una mamma eccentrica a cui badare, insomma, di donna troppo impegnata per l'amore. Ma non l'aveva convinta. Comunque si era ben guardata dall'accennare a Furio, finché non l'aveva fatto lei.

«L'infermiera ci ha parlato di un certo cuoco piuttosto assiduo.»

«È solo un amico.»

«E, per caso, quest'amico ha una fidanzata gelosa?»

Libera era arrossita così violentemente che anche Gabriele aveva distolto gli occhi mentre l'implacabile Arrigoni, dopo essersi fatta dare nome e numero di telefono di Furio, passava a dettare al segretario la lista delle persone arrestate grazie alle sue indagini e che quindi potevano avercela con lei: l'assassino di una ricettatrice, il tizio che aveva spinto una ragazza in fondo a un burrone, la mandante dell'omicidio del marito.

«Bene, bene, un discreto *cursus honorum*. E non tralascerei il boss Valletonga, sebbene di solito gli 'ndranghetisti preferiscano la pistola. A proposito, qualcuno di questi signori l'ha mai minacciata?»

«Mai» aveva risposto Libera, omettendo che il primo di loro l'aveva colpita in testa con un crick. Era dovuto intervenire Gabriele a ricordarlo.

«Ottimo, mi dicono che lei sia un caro amico di famiglia» aveva commentato l'Arrigoni rivolta al commissario, calcando intenzionalmente sulla parola «amico». «E allora, per favore, consigli alla signora di lasciar perdere altre bravate, d'ora in poi, e di dedicarsi solo ai suoi bouquet.»

Il che, si era detta Libera, vista l'arma scelta dal «nemico nell'ombra», non l'avrebbe messa del tutto al sicuro.

Un fischio acuto la riportò al presente. Sulla spiaggia, fino ad allora deserta, un bracco bianco e nocciola, sfuggito al guinzaglio di una ragazzina, provava a inseguire un cigno che soffiava infuriato, le penne gonfie e il collo ritto. La scena provocò il vistoso soprassalto dell'unica altra figura presente, seduta su una panchina a poca distanza da Libera. Era un poliziotto in borghese, il suo angelo custode. Gliel'avevano messo alle calcagna dopo che era stata dimessa dall'ospedale, quando aveva preteso di passare la convalescenza nel paese dei suoi nonni, in un bed and breakfast affacciato sulla baia, e non al casello, dove la figlia avrebbe potuto sorvegliarla.

«Ho bisogno di bellezza e di natura» si era scusata con Gabriele.

Ma anche di non essere controllata, aggiunse ora tra sé e sé, lanciando uno sguardo di sguincio al poliziotto.

L'uomo fissava concentrato le evoluzioni del cane e la corsa della sua padroncina, senza perdere d'occhio il cigno, come se il pennuto potesse nascondere qualche insidia tra le piume.

Libera sbuffò. Se il mittente del mazzo avvelenato non fosse stato individuato al più presto, lei avrebbe dovuto dire addio alla sua collaborazione segreta con la Smilza e con il *Dog*, a quella dose di eccitazione e di adrenalina che, a partire dall'estate precedente, aveva reso più interessante la sua vita. Pensò alla sposina che, in quel momento, avanzava nella navata della chiesa di Sant'Ambrogio vestita a lutto e con il mazzo di rose nere che Sarah aveva dovuto realizzare al posto suo. Poi fantasticò sul bouquet che le era stato commissionato per la settimana successiva da una ragazza più tradizionalista, un classico autunnale: ranuncoli arancioni, rami di faggio, zucca ornamentale, rose *Atomic* dell'Ecuador, peperoncino e *Jatropha multifida,* o ramo di corallo.

Libera amava fare la fioraia, ma quel lavoro non le bastava più da quando, grazie alle sue inchieste, aveva assaggiato il gusto amaro di smascherare i colpevoli (perché scegliamo il male?, si chiedeva ogni volta), ma anche il sottile piacere di mettere ordine dove non c'era, di arrivare alla verità qualunque fosse.

Era un piacere da massaia, non da aspirante padreterno. Lo stesso che provava quando rassettava la cucina o spazzava le foglie in giardino, quell'anelito alla bellezza che nasce dall'armonia.

«Bene, vedo che ti dai alle letture impegnate.» La voce di sua madre la sorprese alle spalle, facendola trasalire. La donna ridacchiò, indicò il giornale e si lasciò cadere accanto a lei sulla panchina, senza che il poliziotto di guardia mostrasse di agitarsi. Doveva essersi rassegnato ai travestimenti di Iole, che ogni giorno arrivava da Milano con un nuovo accompagnatore e un look inedito. Oggi, per esempio, indossava un abito di lamé argentato, un cappellino con veletta, scarpe da tennis color ciliegia e un soprabito vermiglio lungo fino ai piedi. E tutto quel rosso accendeva la baia.

«Certo, questa cosuccia non mi fa passare inosservata, come vorrebbe il tuo commissario, ma avevo bisogno di tirarmi un po' su il morale» disse maliziosa, sollevando la veletta. «Diego ha insistito per prendere il regionale da Lecco e i vecchi vagoni Trenord mi uccidono il romanticismo.»

Era venuta con Capistrano? Istintivamente Libera si voltò sulla panchina per osservare la stradina in salita che dalla spiaggia portava alla stazione, costeggiando il muro di un campeggio. Un uomo alto e sottile stazionava sotto un liquidambar.

«Dice che si cerca un posticino dove alloggiare qui intorno per tenerti d'occhio, visto che Gianni e Alma stanno tranquilli dalla Franca» la informò sua madre. «E sono proprio curiosa di capire se quel bamboccio del tuo gorilla se ne accorgerà.» Poi si sporse verso di lei e le sussurrò all'orecchio: «A proposito, hai mai pensato a un corpo a corpo con la guardia del corpo per combattere la noia?» E scoppiò in una risatina gorgogliante prima di ridiventare seria: «Comunque ho capito che non hai mai aperto la busta.»

Libera si batté la fronte con la mano. Dopo essersi sentita male, in ospedale, se n'era completamente dimenticata. Ma, a quanto pareva, sua madre no e si era presa il disturbo di portarle quella maledetta lettera da Milano. Mentre gliela tendeva, si chiese come mai Iole le desse tanta importanza. La rigirò tra le mani, studiò la linguetta e ripensò a una frase che aveva pronunciato Vittoria.

«Tu l'hai già aperta, vero?»

«Ovvio. Ero curiosa.» Iole scrollò le spalle, con aria di finta indifferenza. «In fondo, si tratta di un test del dna. Indirettamente riguarda anche me.»

Un test del dna? Libera strinse i pugni e si girò di scatto a cercare Capistrano. Si era seduto sopra a un sasso di fronte al lago, a lato della discesa per i gommoni. Intagliava un pezzo di legno con un coltellino.

«Gli hai rubato sul serio una tazzina di caffè o un capello?»

La voce le uscì strozzata per l'indignazione.

«Veramente ho fatto analizzare un'intera ciocca. Ma avevo il suo consenso.»

«E qual è la risposta?»

L'aveva chiesto quasi trattenendo il fiato.

«La risposta è una domanda, Libera. A cosa ti serve un padre?»

Lentamente, Iole si alzò dalla panchina. Si era tolta le scarpe da tennis e ora camminava scalza verso il lago. Voleva che fosse sola a leggere il verdetto. Dietro, si era lasciata l'eco della sua domanda: «A cosa ti serve un padre?»

Già. A cosa le serviva? E soprattutto a cosa le sarebbe servito scoprire il suo nome ora, a quarantasei anni suonati? In fondo, un padre supplente lei l'aveva avuto: nonno Spartaco, l'uomo che le aveva trasmesso l'amore per i fiori, i libri e la montagna, che non le aveva mai fatto mancare il suo sostegno, che l'aveva accompagnata all'altare e aveva tenuto a battesimo sua figlia. A cosa le sarebbe servito un padre che non l'aveva vista soffiare sulle candeline della torta dei cinque anni? Che non le aveva insegnato ad andare in bicicletta e non aveva consolato le lacrime della sua prima delusione amorosa?

Libera si rigirò la busta tra le mani. Era incredibile che qualcosa di tanto leggero potesse avere un tale peso su una vita. Pensò a Irene che aveva cercato a lungo il suo, di padre, benché, in fondo, non le servisse. Perché si cresce lo stesso e si vive lo stesso anche senza.

Qualche volta meglio, puntualizzò la vocina nella sua testa.

Ma la verità, quando arriva, non si può ignorare, anche se brucia. Gliel'aveva insegnato proprio il nonno. Allora lacerò la busta. Ne estrasse il foglio di un laboratorio di analisi. Scorse velocemente frasi e cifre che non capiva, fino ad arrivare all'ultima parola: NEGATIVO.

Il match era negativo: il Gatto non era suo padre.

Subito lo sguardo di Libera corse al sasso dov'era stato seduto Capistrano, ma la sagoma dell'uomo non si stagliava più contro l'acqua ferma del lago. Si era spostata più vicina a lei, mimetizzandosi con la rete che chiudeva un parcheggio.

Peccato, pensò. Forse le sarebbe piaciuto scoprire di avere un padre come lui, anche se non l'aveva vista crescere. Ci si incontra quando è il momento.

«Bene» disse Iole, tornando verso la panchina. «Ora che abbiamo risolto il mistero, ti spiego come agiremo. Per prima cosa dobbiamo evitare che ti accoppino e forse saremo costrette a dare una mano agli sbirri a trovare il tuo avvelenatore, se non sono in grado di farlo da soli. Poi ci occuperemo di questo.»

Dalla borsa argentata estrasse un foglio a quadretti ripiegato in due e glielo porse. Era una lista di sette nomi e cognomi, uno dei quali chiuso in un circoletto rosso.

«Questo è morto» fece, indicandolo. «Ma possiamo comunque trovare un parente.»

Libera la fissò con aria stupefatta. «Andrea Cimpanelli?» chiese, leggendo il primo nome: «Ludovico "Ludo" Galbani? Bartolo Ticozzelli detto Bibo? Chi sono queste persone, mamma?»

Iole sorrise, mulinando le ciglia. «I miei amanti di quel periodo, baby, i tuoi possibili padri. Ho fatto mente locale con la Franca e credo di non averne dimenticato nessuno.»

Poi, con un dito, le chiuse gentilmente la bocca che aveva spalancato per la sorpresa: «Li cerchiamo insieme, ti va?»

Indice

Stampato da
Grafica Veneta S.p.A., Trebaseleghe (PD)
per conto di Sonzogno di Marsilio Editori® in Venezia

Le fotocopie per uso personale del lettore possono essere effettuate nei limiti del 15% di ciascun volume/fascicolo di periodico dietro pagamento alla SIAE del compenso previsto dall'art. 68, commi 4 e 5, della legge 22 aprile 1941 n. 633.
Le fotocopie per finalità di carattere professionale, economico o commerciale o comunque per uso diverso da quello personale possono essere effettuate a seguito di specifica autorizzazione rilasciata da CLEARedi, Centro Licenze e Autorizzazioni per le Riproduzioni Editoriali, Corso di Porta Romana 108, 20122 Milano, e-mail autorizzazioni@clearedi.org e sito web www.clearedi.org.

Edizione	Anno
10 9 8 7 6 5 4 3 2 1	2024 2025 2026 2027 2028